LYON

Storia, soggetto: Ettore Canu (Lyon)
Sceneggiatura, supervisione: Davide Costa
Layout, matite, chine, colori: Emanuele Virzì

Layout di copertina: Andrea Balconi
Layout interni: Bebung, Milano

Coordinamento editoriale: Marco Figini
In collaborazione con in-Sane!
Coordinamento: Alberto Martinelli

Magazzini Salani è un marchio di Adriano Salani Editore

ISBN: 9791259570765

Finito di stampare nel mese di ottobre 2023
per conto di Adriano Salani Editore s.u.r.l
da Grafiche Stella

MISTO
Carta | A sostegno della gestione forestale responsabile
FSC® C111834

LYON
Le STORIE da EROI

Le nuove avventure
di Lyon
e i suoi amici

FAILCRAFT

Questo libro è forse il capitolo più importante del mio racconto. Questa è la storia più antica, la Failcraft! Grazie ai più affezionati di voi ho potuto realizzare il mio sogno di narrare le mie avventure. Senza di voi, non ci sarebbe mai stato niente di tutto questo, e anche se sembra scontato trovo doveroso ricordarlo. Siete sempre stati, e spero sarete ancora a lungo, il combustibile che alimenta il motore delle mie storie. Insieme ai miei amici, supporto indispensabile, e in modo speciale ad Anna, compagna insostituibile. Perciò voglio dedicarvi questo libro, con la speranza di farvi innamorare dei suoi personaggi, delle parole e delle illustrazioni, come me ne sono innamorato io in origine. Con l'augurio che possa ispirarvi e spingervi a dare voce alla vostra fantasia, come ho fatto io tra queste pagine.

Leon

DA QUANTO TEMPO VAGAVO PER IL NOSTRO MONDO AVVENTUROSO? NOSTRO... FORSE NON ERA PIÙ NOSTRO. FORSE ERA ARRIVATO IL MOMENTO CHE AVEVO SEMPRE CERCATO DI EVITARE, IN OGNI MODO POSSIBILE.
FORSE, ORMAI, QUESTO ERA IL MIO MONDO AVVENTUROSO.
DOPOTUTTO ERANO SETTIMANE CHE VAGAVO TRA DESERTI, GHIACCIAI, SOTTERRANEI, PRATERIE E DUNGEON DA SOLO.
SEGNANDO DILIGENTEMENTE OGNI SCOPERTA.
MA FACENDOMI SEMPRE LA STESSA DOMANDA.
UNA DOMANDA CHE DA QUALCHE TEMPO, ANCHE SE FATICAVO AD AMMETTERLO, MI FERIVA NEL PROFONDO.

ERO RIMASTO DA SOLO?
IN UN MONDO DI CUI IGNORAVO ANCORA UN SACCO DI ZONE DA ESPLORARE?

AVREI DOVUTO AFFRONTARE CHISSÀ QUALI AVVENTURE LETALI SENZA I MIEI AMICI?

SENZA
ANNA?
O FORSE...
TUTTO QUEL TEMPO
PASSATO DA SOLO MI AVEVA
FATTO PASSARE LA VOGLIA
DI ESSERE OTTIMISTA.
FORSE
AVEVO PERSO
LA SPERANZA?

MAGARI, INVECE, LA VERITÀ ERA CHE NON VOLEVO PIÙ AVERE SPERANZA?
DI SICURO NON AVEVO PERSO I RIFLESSI! PECCATO CHE NESSUN AMICO POTESSE GUARDARMI FARE UN CENTRO COSÌ PERFETTO...
PERÒ, FORSE AVEVO TROVATO QUALCOSA DI UTILE.
FORSE NON ERA ANCORA IL TEMPO DI CREDERE...
...PERÒ FU PIÙ FORTE DI ME, NON RIUSCII A FERMARMI.
QUALCOSA MI ATTIRAVA IN QUESTO POSTO. VERSO QUESTE STATUE CHE NON AVEVO MAI VISTO...

LA STATUA DI IDONA, LA MALEVOLA.
LA STATUA DI VELARA, LA BENEVOLA.

LA STATUA DI WANDARR, IL SAGGIO DEL TEMPO.
LA STATUA DI TENOS, L'ONNISCIENTE.
QUATTRO DIVINITÀ DI CUI NON AVEVO MAI SENTITO PARLARE...

QUATTRO DIVINITÀ DI CUI RIUSCIVO A RECEPIRE IL POTERE ENORME, NONOSTANTE FOSSI IN PRESENZA SOLAMENTE DELLE LORO STATUE.
A MENO CHE LE STATUE NON NASCONDESSERO QUALCOSA.
COME QUEL TEMPIO, CHE QUASI SENTIVO CHIAMARMI. O FORSE INIZIAVO A SENTIRE LE VOCI?
SE SOLO AVESSI AVUTO ALMENO UN AMICO CON CUI PARLARE, CONFRONTARMI, TROVARE UN INDIZIO.
INVECE NO, ERO DA SOLO. E QUELLA SOLITUDINE COMINCIAVA A PESARMI SEMPRE DI PIÙ.

QUANDO PASSI TANTO TEMPO DA SOLO POSSONO SUCCEDERE COSE STRANE.
INIZI A NOTARE CHE IN ALCUNI CASI, DA SOLO, NON SEI IN GRADO DI FARE TUTTO QUELLO CHE VORRESTI.
INIZI A DUBITARE DI TE STESSO. DELLE TUE CAPACITÀ. PERSINO DI QUELLO CHE HAI GIÀ OTTENUTO FINO A QUEL GIORNO.
E POI, VUOI METTERE AVERE UNA MANO PER APRIRE PORTONI PESANTISSIMI?
ALLA FINE IL PORTONE CEDETTE. UN ODORE DI CHIUSO, STANTIO E VECCHIO MI ASSALÌ. DIVERSE LUCI ARRIVAVANO DA DENTRO. PERÒ QUANDO MISI A FUOCO L'INTERNO...
CLANG
NON CREDEVO AI MIEI OCCHI. ERO COSÌ SCIOCCATO CHE INIZIAI A PARLARE DA SOLO. FORSE STAVO PERDENDO LA TESTA?
MA CHE COSA...

...IN CHE POSTO MALEDETTO MI TROVO?
CHI HA COSTRUITO DELLE STATUE PER I MIEI AMICI?
MA SE SONO STATUE PER RICORDARNE LA MEMORIA, ALLORA...

NO, ASPETTA, ASPETTA UN ATTIMO. SONO ENORMI COME STATUE...
PERÒ NON SONO DI NESSUN MATERIALE CHE ABBIA MAI VISTO. SENTO QUASI UN CAMPO DI FORZA INTORNO A LORO.
C'È UNA PIASTRA SU OGNI PIEDISTALLO, MA SEMBRA MANCARE UN PEZZO. COME SE AVESSERO TOLTO QUALCOSA.
O FORSE BISOGNA INSERIRE QUALCOSA? SE SOLO AVESSI QUALCUNO CON CUI PARLARE...
UN AMICO FIDATO COME GIORGIO A CUI CHIEDERE CONSIGLIO.
O LA MIA DOLCE ANNA CON CUI CONFIDARMI. INVECE DI QUESTE STATUE... MA...

MA NON È UNA STATUA! QUESTA...
QUESTA È ANNA! NON SI PUÒ MUOVERE, È IN STASI COMPLETA. UN QUALCHE TIPO DI FORZA LA TIENE BLOCCATA.
PERÒ FORSE MI PUÒ SENTIRE? ANNA?
ANNA!

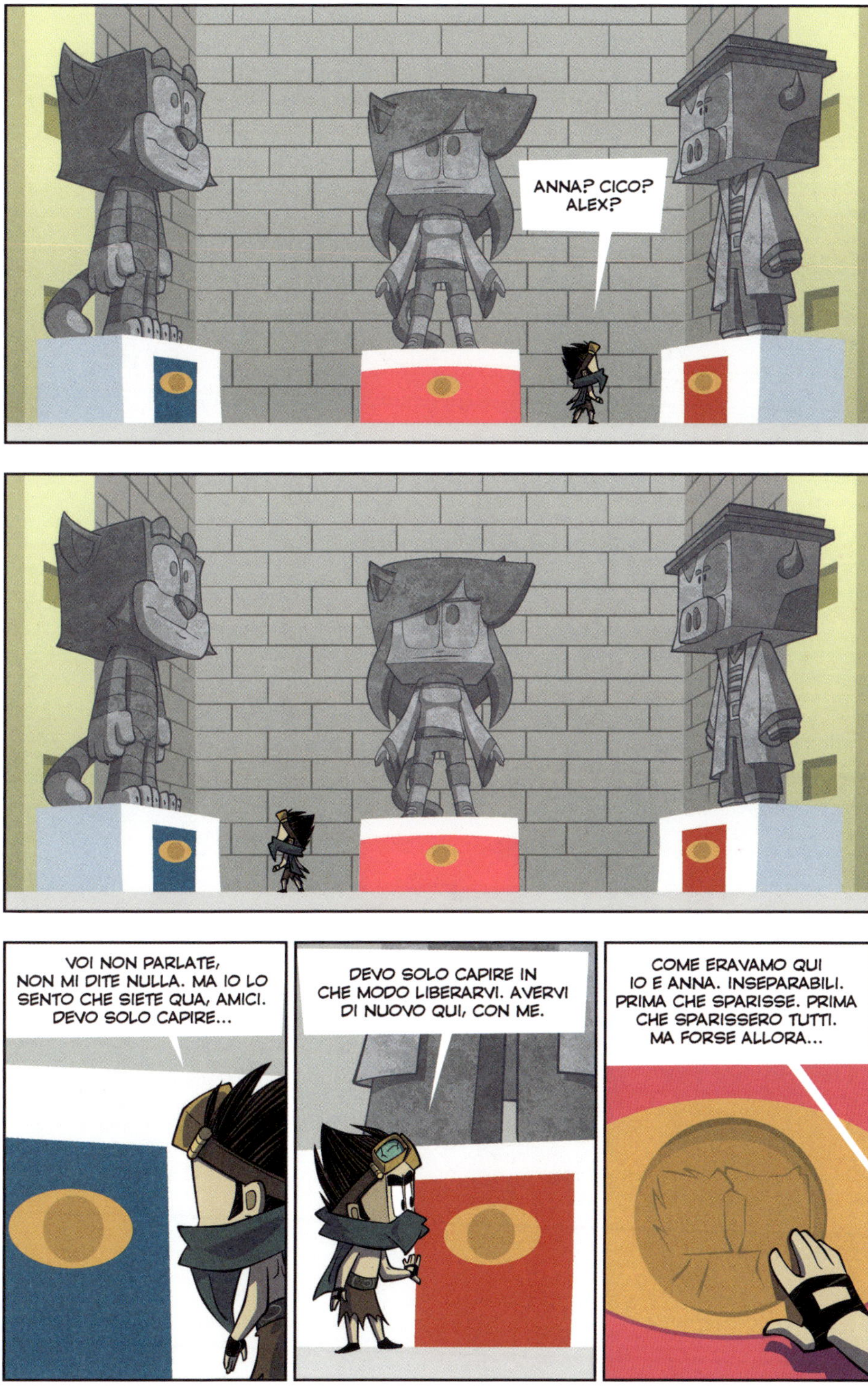
ANNA? CICO? ALEX?
VOI NON PARLATE, NON MI DITE NULLA. MA IO LO SENTO CHE SIETE QUA, AMICI. DEVO SOLO CAPIRE...
DEVO SOLO CAPIRE IN CHE MODO LIBERARVI. AVERVI DI NUOVO QUI, CON ME.
COME ERAVAMO QUI IO E ANNA. INSEPARABILI. PRIMA CHE SPARISSE. PRIMA CHE SPARISSERO TUTTI. MA FORSE ALLORA...

FORSE... ANNA E TUTTI GLI ALTRI SE NE SONO ANDATI PER COLPA MIA?
CREDO DI AVERE CAPITO, AMICI, QUEL DUBBIO CHE SENTO DENTRO DI ME IN QUESTO MOMENTO. ANZI, CHE SENTO DA PARECCHIO.
FORSE DA TROPPO TEMPO. IL DUBBIO, LA MANCANZA DI FIDUCIA. DI NON AVERE PIÙ LA GRINTA DI UNA VOLTA.
MAGARI LO AVETE SENTITO ANCHE VOI.

BENE. FORSE È COSÌ, FORSE DUBITATE DEL MIO SPIRITO AVVENTUROSO. FORSE ME LO STO IMMAGINANDO. MA SAPETE CHE VI DICO?
SE PER SALVARE I MIEI AMICI DEVO AFFRONTARE UN'AVVENTURA NUOVA, ANZI, UN'AVVENTURA PER CIASCUNO DI VOI, LO FARÒ.
SONO LYON. SONO L'AVVENTURIERO SENZA PAURA.

MA NON HO INTENZIONE DI ESSERE L'AVVENTURIERO SENZA AMICI.
QUALSIASI COSA DEVO FARE PER RITROVARVI, LO FARÒ. DOVESSI GIOCARMI LA VITA PER RIUSCIRCI.
ORA È TEMPO DI RIMBOCCARSI LE MANICHE.

Dal diario di G

GIORNO 1

«Caro, carissimo Lyon. Ti do del tu perché ci conosciamo da un sacco di tempo, siamo quasi una strana coppia. Forse ti sei dimenticato di me.

FORSE HAI VOLUTO DIMENTICARTI DI ME.

Forse ti dimentichi un po' troppo facilmente di chi incroci sulla tua strada, quando sei in cerca di avventure.

MA NON IMPORTA. TE LO RICORDERÒ IO. FOSSE L'ULTIMA COSA CHE FACCIO».

GIORNO 9

«Pensavi di essere un condottiero infallibile e senza paura, Lyon? Vediamo come te la cavi da solo, senza i tuoi amici.

AMMESSO CHE TU LI ABBIA MAI CONSIDERATI DAVVERO DEGLI AMICI, E NON SOLO SPETTATORI DELLE TUE AVVENTURE...»

GIORNO 12

«Quattro divinità dai poteri incredibili. Quattro elementi dalla forza inarrestabile. Quattro armi dalla potenza indomabile. Opportunità. O forse pericoli? C'è solo un modo per saperlo. Anzi, ce n'è più di uno.

NON DEVO PER FORZA ESSERE IO A RISCHIARE IL TUTTO PER TUTTO. PERCHÉ RISCHIARE TUTTO, IN FONDO, QUANDO HO UN CARISSIMO NEMICO DA SFRUTTARE? AHAHAHAHAH!»

GIORNO 19

«Dentro al nulla, Lyon. Giù, sempre
più giù. Voglio vederti affondare
nel nulla più profondo, scendere così
tanto nell'abisso da non capire
più nemmeno se stai scendendo
o risalendo.
Nello stesso nulla in cui mi trovo io.
C'è solo una differenza,
mio caro e vecchio nemico, che

IO CONOSCO IL NULLA,
SO COME MUOVERMI,
E SO COME USARLO
PER SPAZZARTI VIA PER SEMPRE!»

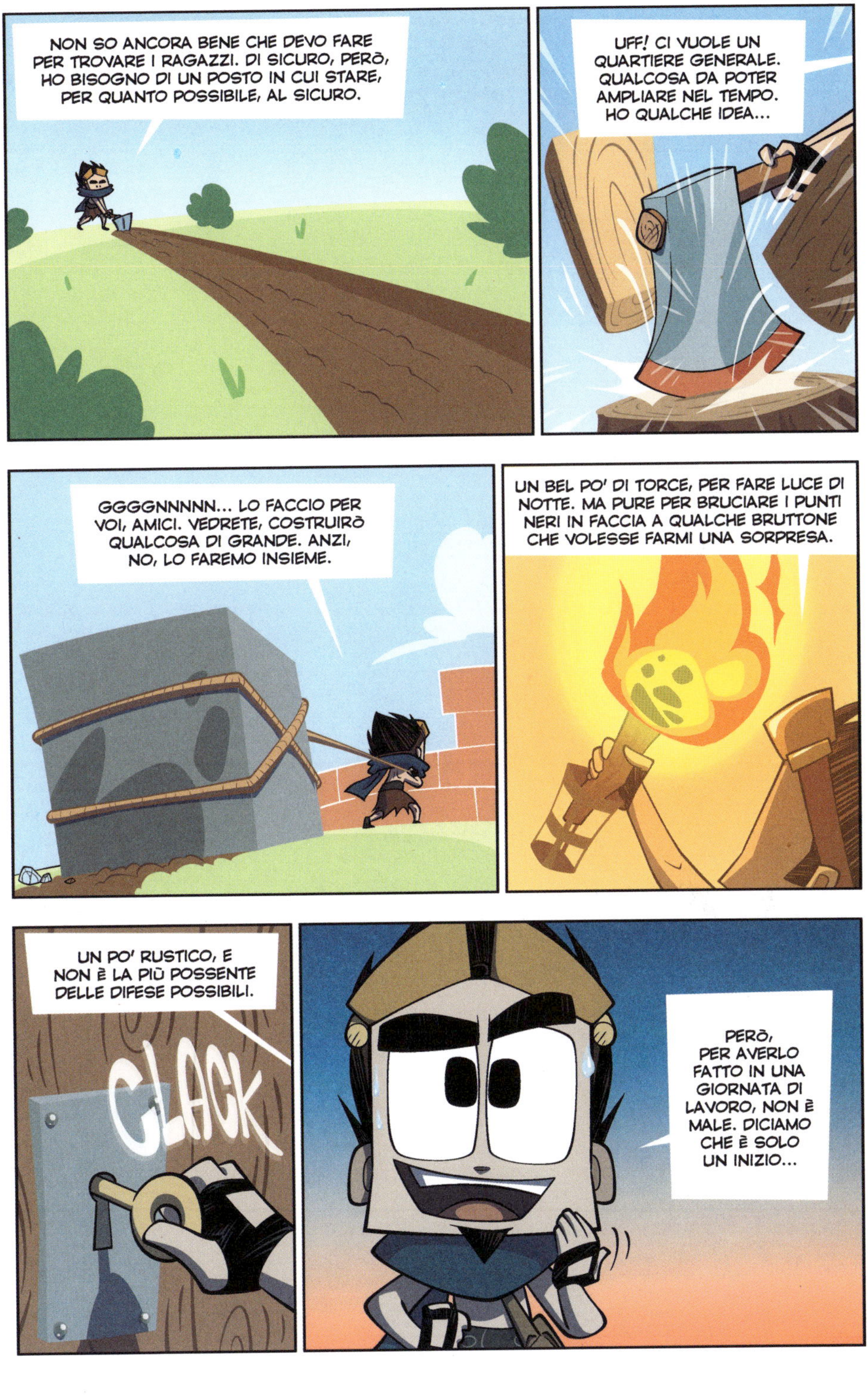
NON SO ANCORA BENE CHE DEVO FARE PER TROVARE I RAGAZZI. DI SICURO, PERÒ, HO BISOGNO DI UN POSTO IN CUI STARE, PER QUANTO POSSIBILE, AL SICURO.
UFF! CI VUOLE UN QUARTIERE GENERALE. QUALCOSA DA POTER AMPLIARE NEL TEMPO. HO QUALCHE IDEA...
GGGGNNNNN... LO FACCIO PER VOI, AMICI. VEDRETE, COSTRUIRÒ QUALCOSA DI GRANDE. ANZI, NO, LO FAREMO INSIEME.
UN BEL PO' DI TORCE, PER FARE LUCE DI NOTTE. MA PURE PER BRUCIARE I PUNTI NERI IN FACCIA A QUALCHE BRUTTONE CHE VOLESSE FARMI UNA SORPRESA.
UN PO' RUSTICO, E NON È LA PIÙ POSSENTE DELLE DIFESE POSSIBILI.
CLACK
PERÒ, PER AVERLO FATTO IN UNA GIORNATA DI LAVORO, NON È MALE. DICIAMO CHE È SOLO UN INIZIO...

...L'INIZIO DI QUALCOSA DI PIÙ GRANDE. GIÀ ME LO VEDO CRESCERE, UNA FORTIFICAZIONE ALLA VOLTA.
PIÙ STANZE, UNA PER ANNA, UNA PER CICO. UNA PER OGNUNO DI LORO, INSOMMA.
E SE RIESCO A TROVARE QUELLO CHE DICO IO...
PERÒ MEGLIO PENSARCI DOMANI, ORMAI È QUASI NOTTE.

MEGLIO ACCENDERE TUTTE LE TORCE. ANCHE SE C'È LA LUNA, NON VOGLIO CORRERE RISCHI.
FZ FZ FZ
QUESTA ZONA PARE TRANQUILLA. UN PO' TROPPO TRANQUILLA, PER CUI MEGLIO ASPETTARMI IL PEGGIO, TIPO QUALCHE MOSTRO NOTTAMBULO.
DA QUI POSSO TENERE SOTTO CONTROLLO IL TEMPIO E QUELLE DIVINITÀ COSÌ STRANE. E PER CERTI VERSI...
POSSO DORMIRE VICINO AI MIEI AMICI.
SPERANDO CHE, OVUNQUE SIANO, STIANO FACENDO SOGNI TRANQUILLI.

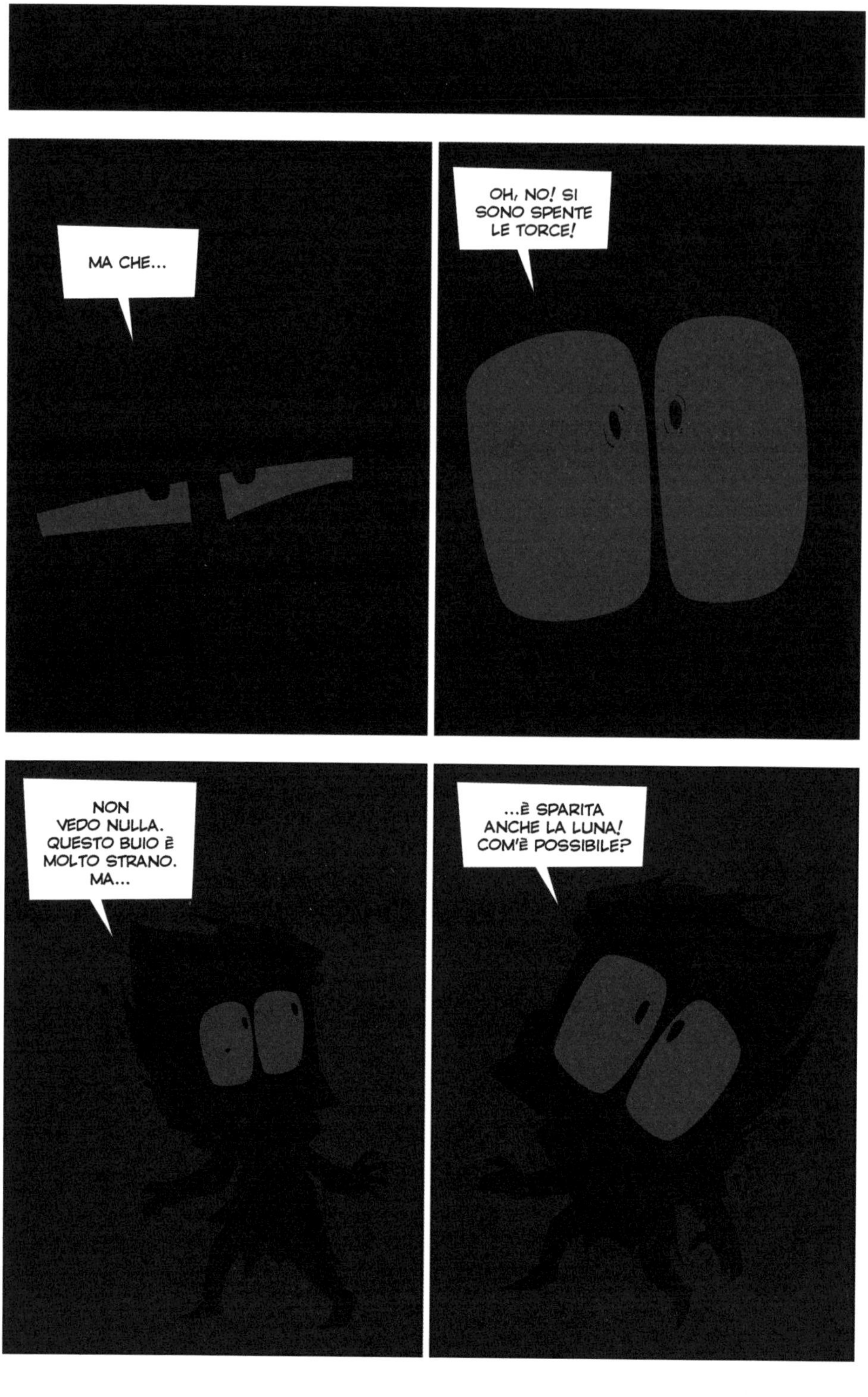
MA CHE...
OH, NO! SI SONO SPENTE LE TORCE!
NON VEDO NULLA. QUESTO BUIO È MOLTO STRANO. MA...
...È SPARITA ANCHE LA LUNA! COM'È POSSIBILE?

ANCHE IL LETTO, L'ACCAMPAMENTO... NON C'È PIÙ NULLA. DOVE SONO FINITO?
CRR
!?!
E TU CHI CAVOLO SEI, BESTIONE? DOVE MI HAI PORTATO!?!
GUARDATI LE SPALLE DA IDONA, AVVENTURIERO. NON È QUELLA CHE SEMBRA. NESSUNO DI LORO LO È. NULLA È QUELLO CHE SEMBRA, IN QUESTO GIOCO.
GIOCO? MA QUALE GIOCO!?! IO DEVO SALVARE I MIEI AMICI!
DEVO SALVARLI!

DEVO SALVARLI TUTTI! MA CHE CASPITA... ERA SOLO UN SOGNO. FORSE SONO TROPPO IN ANSIA...
MA COSA...
UNA MAPPA! FIRMATA DA QUEL TIZIO DEL SOGNO...
dal tuo amico G
AMMESSO CHE SIA STATO UN SOGNO. SE MI HA LASCIATO QUESTA PERGAMENA... CHE SIA PASSATO DA QUESTE PARTI? TROP-PE INFORMAZIONI TUTTE INSIEME.
PERÒ NON IMPORTA, SE È L'UNICO INDIZIO CHE HO, PER ORA, ME LO FARÒ BASTARE.
NON POSSO RISCHIARE DI LASCIARE NULLA DI INTENTATO.

SOPRATTUTTO SE C'È DI MEZZO ANNA. POSSO ESSERE RAGIONEVOLE E RAZIONALE, MA NON POSSO RISCHIARE DI PERDERLA SOLO PERCHÉ LA LOGICA VUOLE METTERMI I BASTONI TRA LE RUOTE!
HO UN CUORE CHE RIMBOMBA, NON POSSO FAR FINTA DI NULLA.
PERÒ, CUORE, ORA NON MI ASSORDARE E FAMMI PENSARE. LA MAPPA DICE DI ANDARE VERSO QUEL BOSCO NON TROPPO DISTANTE.
dal tuo amico G
NON SEMBRA NEMMENO TROPPO MALE, COME BOSCO. NON DICO MI VERREBBE VOGLIA DI FARCI UNA GITA, MA HO VISTO ROBA BEN PEGGIORE NELLE MIE AVVENTURE.
MA SO PURE CHE L'APPARENZA PUÒ INGANNA...
FRUSH
...RE!

NON MI FREGHI, OSSO DA BRODO!
E ORA NON HO TEMPO DI MANGIARE!
ASPETTO DI TROVARE ANNA PRIMA DI UNA BELLA CENETTA!
MA...
SWISS
...È L'ENTRATA DI UN DUNGEON!

OK, OK. A GIUDICARE DAL TIPO DI COSTRUZIONE NON DOVREBBE ESSERE UNA PASSEGGIATA, MA NEMMENO UNA ROBA TROPPO IMPEGNATIVA.
ANDIAMO, COLTELLACCIO TROPPO CRESCIUTO, FACCIAMOCI STRADA.
SE ANNA È DAVVERO QUA DENTRO...
...NON VOGLIO PERDERE TEMPO.
A MENO DI NON TROVARE QUALCOSA DI UTILE!
E CREDO DI AVER CAPITO LA PIANTA DI QUESTO DUNGEON DEI MIEI STIVALI!

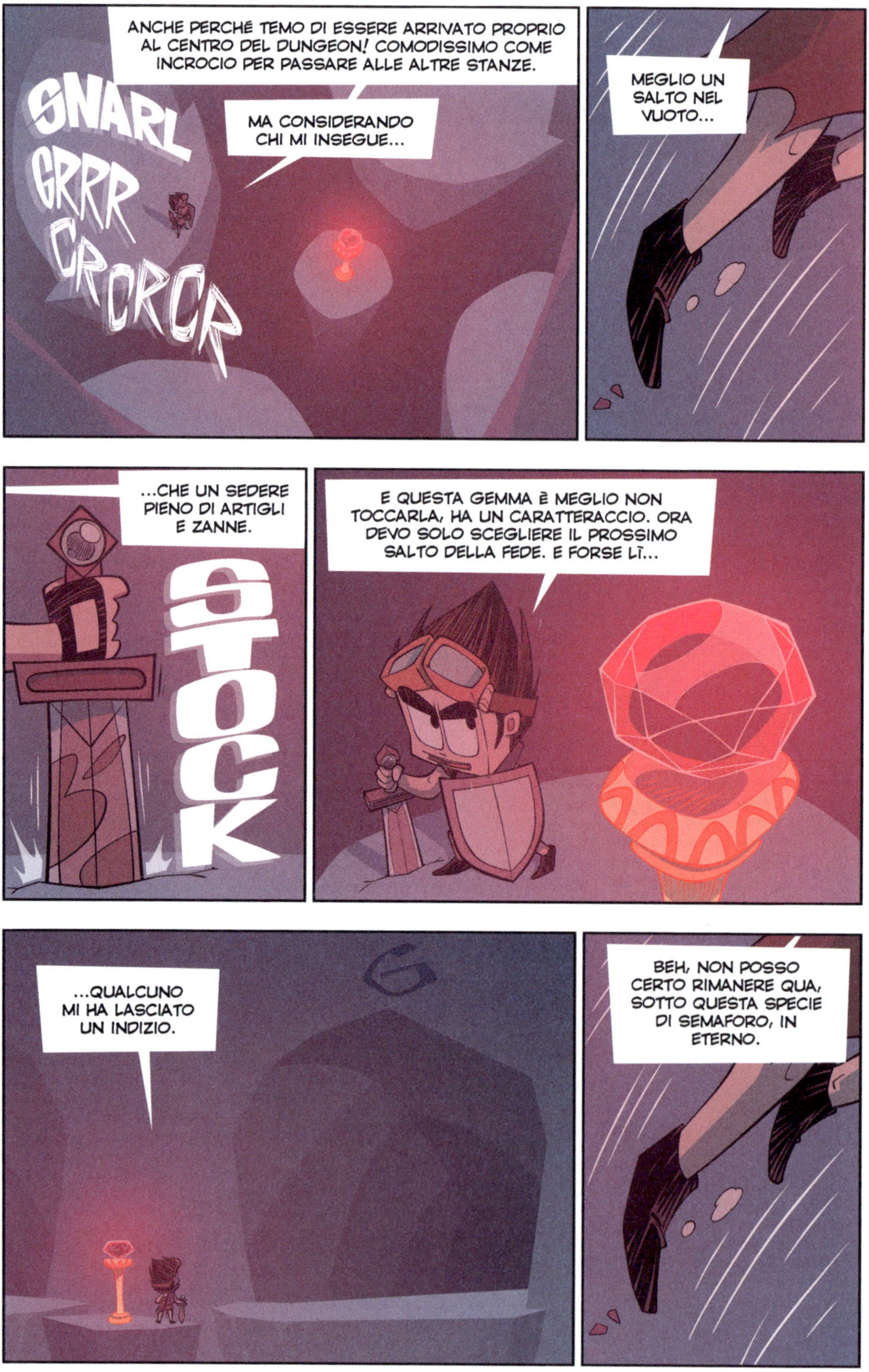
ANCHE PERCHÉ TEMO DI ESSERE ARRIVATO PROPRIO AL CENTRO DEL DUNGEON! COMODISSIMO COME INCROCIO PER PASSARE ALLE ALTRE STANZE.
MA CONSIDERANDO CHI MI INSEGUE...
SNARL
GRRR
CRCRCR
MEGLIO UN SALTO NEL VUOTO...
...CHE UN SEDERE PIENO DI ARTIGLI E ZANNE.
STOCK
E QUESTA GEMMA È MEGLIO NON TOCCARLA, HA UN CARATTERACCIO. ORA DEVO SOLO SCEGLIERE IL PROSSIMO SALTO DELLA FEDE. E FORSE LÌ...
...QUALCUNO MI HA LASCIATO UN INDIZIO.
BEH, NON POSSO CERTO RIMANERE QUA, SOTTO QUESTA SPECIE DI SEMAFORO, IN ETERNO.

UFF! SPERIAMO CHE QUEL 6 NON VOGLIA TRARMI IN INGANNO. NON L'HO MAI VISTO PRIMA, È VERO.
MA QUALCOSA NELLA SUA VOCE MI SUONAVA FAMILIARE. SEMBRA QUASI CHE LO CONOSCA.
OK, NON SO NEMMENO DOVE FOSSIMO QUANDO MI HA PARLATO.
PERÒ QUEL TONO... MA CI RIFLETTERÒ DOPO.
SE MI HA PORTATO FINO A QUI CI DEVE ESSERE UN MOTIVO.
E SECONDO ME È DENTRO UNA DI QUESTE CASSE.

MA QUESTI...
...SIAMO IO E ANNA CHE CI BACIAMO PER LA PRIMA VOLTA!
MA PERCHÉ SI TROVA QUI? CHI CE LO HA MESSO? COSA DEVO FARCI? A MENO CHE...
MA CERTO! LA STATUA DI ANNA. SUL SUO PIEDISTALLO C'È UN INCAVO IN CUI QUESTO DOVREBBE ENTRARCI A PENNELLO.
DEVO SUBITO TORNARE AL TEMPIO!
E NON C'È MOSTRO CHE SI POSSA METTERE TRA ME E LA PROBABILITÀ DI RIVEDERE ANNA, MALEDETTI ESSERI ORRENDI!

E SE PENSATE DI SEGUIRMI...
CRACK
...BECCATEVI QUESTA!
FFFSSS
BOOM

E ORA, DI CORSA AL TEMPIO.
PER OGGI BASTA, MOSTRICCIATTOLI.
BASTA BOSCHI CHE SEMBRANO TRANQUILLI MA NON LO SONO.
QUESTO RISCALDAMENTO MI HA FATTO RIMESCOLARE IL SANGUE NELLE VENE. SENTO IL DESIDERIO D'AVVENTURA CHE TORNA.
MA SOPRATTUTTO, SENTO IL CUORE CHE MI SCOPPIA NEL PET-TO PERCHÉ ORA È IL MOMENTO DELLA VERITÀ.

STO FACENDO LA
COSA GIUSTA?
STO DAVVERO
PER RIABBRACCIARE
LA MIA ANNA?
CLICK
ANNA...?

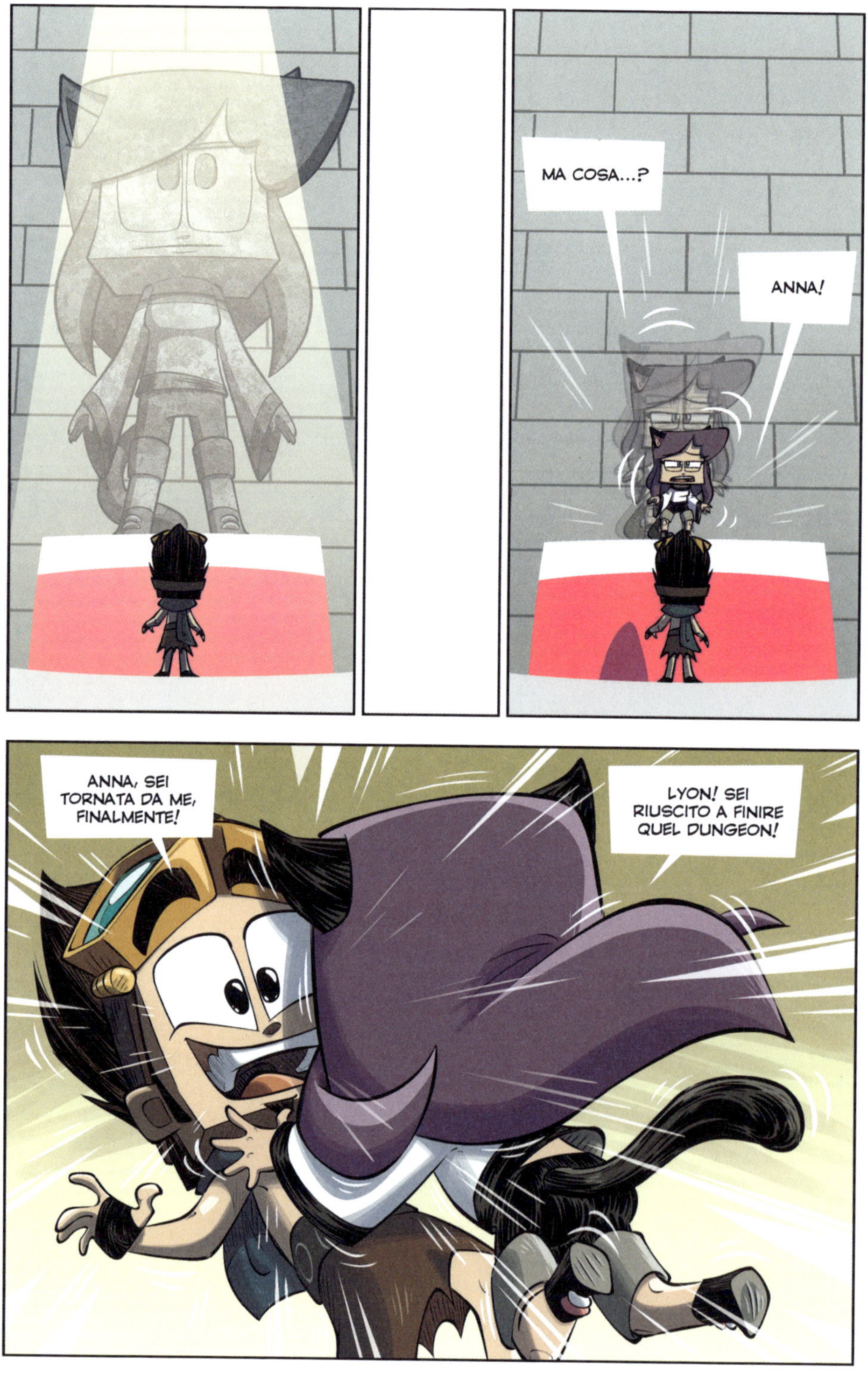
MA COSA...?
ANNA!
ANNA, SEI TORNATA DA ME, FINALMENTE!
LYON! SEI RIUSCITO A FINIRE QUEL DUNGEON!

MA... COME FAI A SAPERE DEL DUNGEON!?!
NON LO SO, DI PRECISO. SO SOLO CHE RIUSCIVO A VEDERE QUELLO CHE FACEVI, MENTRE IO ERO BLOCCATA DALL'AL-TRA PARTE.
UNA ZONA TUTTA BUIA, PER CASO?
SÌ! NON C'ERA NULLA E NESSUNO. ANZI, SENTIVO UNA PRESENZA, MA NON VEDEVO NIENTE, E NON POTEVO MUOVERMI. ERA TERRIFICANTE, LYON! NON SAPEVO COME FUGGIRE.
E IO CHE PENSAVO NON CREDESSI PIÙ IN ME...
BEH, ECCO... NON AVEVO PERSO LA FIDUCIA IN TE. PERÒ...
PERÒ?
PERÒ MI SEMBRAVA CHE FOSSI TU A NON SENTIRE PIÙ L'AVVENTURA E IL DESIDERIO DI RISCHIARE COME UNA VOLTA!
NON DUBITAVO CHE TENESSI A ME. O AGLI ALTRI. SOLO CHE AVESSI PERSO UN PIZZICO DI CORAGGIO.
PERÒ HO VISTO COSA HAI FATTO NEL DUNGEON, E SO CHE SEI IL SOLITO LYON, PRONTO A LANCIARSI NEL FUOCO PER SALVARE GLI AMICI!
CI PUOI SCOMMETTERE, ANNA! E A QUESTO PROPOSITO...

PENSI ANCHE TU QUELLO CHE STO PENSANDO IO?
SÌ. I NOSTRI AMICI HANNO BISOGNO DEL NOSTRO AIUTO. E SE SONO NELLE MIE CONDIZIONI, STANNO ASSISTENDO A TUTTO. IMPAURITI, MA SICURI CHE LI AIUTERAI.
ALLORA ANDIAMO ALL'ACCAMPAMENTO.
ACCAMPAMENTO?
GIÀ, HO PREPARATO UN PICCOLO NIDO PER NOI DUE. MA SOPRATTUTTO UN POSTO PER DIFENDERCI DA EVENTUALI ATTACCHI.
OTTIMA IDEA!
LO SO, È PIUTTOSTO PICCOLO, PERÒ...
NON TI PREOCCUPARE, ORA CHE TI POSSO AIUTARE LO RENDEREMO MIGLIORE! PIÙ SPAZIOSO, PIÙ RESISTENTE.
PIÙ ARMATO!

SAPEVO CHE AVRESTI CAPITO AL VOLO. SEI LA MIGLIORE COMPAGNA DI AVVENTURE CHE SI POSSA DESIDERARE!
LO SO! PERÒ ORA SONO ANCHE UNA DECISAMENTE STANCA COMPAGNA DI AVVENTURE! USCIRE DA QUELLA SPECIE DI STASI FORZATA MI HA SFIANCATO.
FACCIAMOCI UN BEL SONNO. LE TORCE SONO TUTTE ACCESE. NON DOVREMMO AVERE BRUTTE SORPRESE.
LO SPERO.
E SE CI SARANNO SORPRESE LE AFFRONTEREMO INSIEME. GIUSTO?
GIUSTO.

LYON! L'AMBIENTE NERO IN CUI ERO BLOCCATA! PERÒ POSSO MUOVERMI, ORA...
UN WITHER.
TRANQUILLA, ANNA. QUEL TIPO NON HA UN ASPETTO MOLTO RASSICURANTE, MA È GRAZIE A LUI CHE TI HO TROVATA. DEVO FORSE RINGRAZIARTI, 6?
UN WITHER?
MA CHE DICE?
SCONFIGGETE UN WITHER. AIUTATE UN AMICO.
SIAMO SVEGLI, LYON!
LO ERAVAMO GIÀ, AMORE. 6 CI PARLA DA QUALCHE PARTE, MA NON NEL SONNO. E QUELLO CHE CI HA DETTO PUÒ ESSERE UN INDIZIO IMPORTANTE.

MA CACCIARE UN WITHER NON È UNA PASSEGGIATA!
LO SO, PER QUESTO FUGGENDO DAL DUNGEON...
SONO RIUSCITO A INFILARE NELLO ZAINO UN PAIO DI ARMI. NON SONO IL MASSIMO, MA CONFIDO DI TROVARNE DI MIGLIORI MENTRE LO CERCHERÒ.
COME "LO CERCHERAI"?
NON VUOI CHE TI ACCOMPAGNI?
È LA COSA CHE DESIDERO DI PIÙ AL MONDO, ANNA. MA NON ORA. ORA IL TUO COMPITO È UN ALTRO.
MENTRE VADO A CACCIA DEL WITHER, DEVI MIGLIORARE LE DIFESE DELL'ACCAMPAMENTO.
CAPISCO. SE DOVESSIMO SUBIRE UN ATTACCO ORA, NON CI SAREBBE DI GRANDE AIUTO.
ALLORA MI METTO SUBITO ALL'OPERA, NON RICONOSCERAI QUESTO POSTO, QUANDO TORNERAI!
NE SONO CERTO, ANNA!

MA SONO CERTO DI ME STESSO? SÌ, HO SALVATO ANNA. MA UN WITHER È UNA BELLA FACCENDA.
BEH, SE DOVESSI AVERE PROBLEMI, ORA SO CHE POSSO FARE UNA RITIRATA STRATEGICA E CHIEDERE AIUTO AD ANNA.
NON CHE ABBIA INTENZIONE DI BATTERE IN RITIRATA. VOGLIO DIMOSTRARLE CHE POSSO FARCELA DA SOLO.
E SE ANCHE I MIEI AMICI STANNO GUARDANDO, VOGLIO CHE SI SENTANO GIÀ UN PO' IN SALVO.
ECCO IL PORTALE PER IL NETHER, LO AVEVO VISTO VIAGGIANDO VERSO IL TEMPIO.
BEH, ORA DIREI CHE NON È IL MOMENTO DI PENSARE...
MA QUELLO DI AGIRE!

COME PENSAVO!
QUI È PIENO DI MOSTRI!
ARRIVANO DA TUTTE LE PARTI!
MA ANCHE DI BEI TESORI!
NO!
AH, TROPPO LENTO!
FTHOOM
HAI BUONI RIFLESSI?
DIREI DI NO!
OK, L'ACCOGLIENZA È STATA INTERESSANTE...

MA QUESTO POSTO HA SEMPRE IL SUO FASCINO APOCALITTICO!
TI VEDO, SCHELETRO TRI-CRANIATO!

E STO VENENDO A PRENDERTI! NON SEI IL PRIMO DELLA TUA RAZZA CHE AFFRONTO!

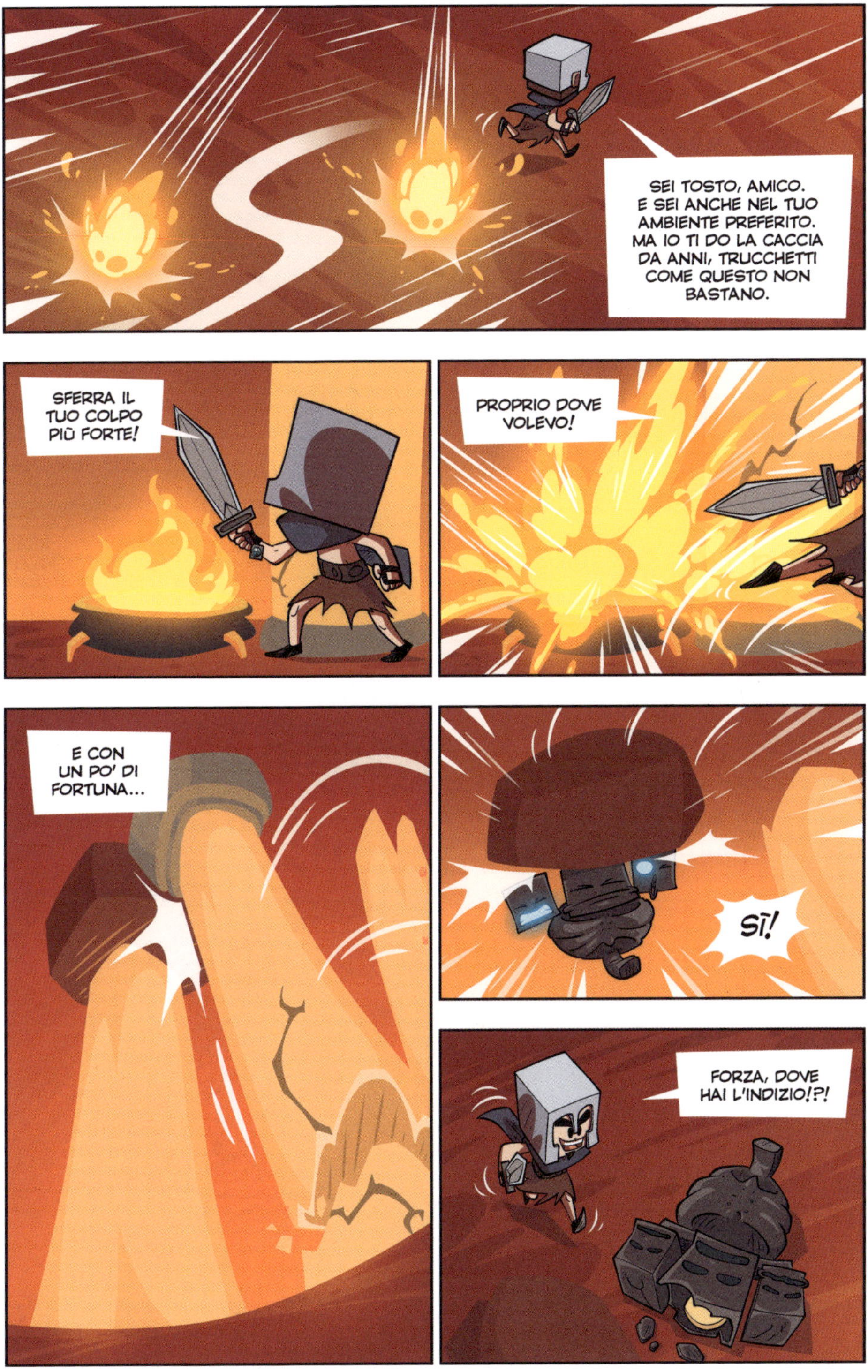
SEI TOSTO, AMICO.
E SEI ANCHE NEL TUO AMBIENTE PREFERITO.
MA IO TI DO LA CACCIA DA ANNI, TRUCCHETTI COME QUESTO NON BASTANO.
SFERRA IL TUO COLPO PIÙ FORTE!
PROPRIO DOVE VOLEVO!
E CON UN PO' DI FORTUNA...
SÌ!
FORZA, DOVE HAI L'INDIZIO!?!

ECCOLO!
SÌ, IL PRIMO INCONTRO TRA ME E STRECATTO!
È STATA TOSTA USCIRE DA LÌ, MA CE L'HO FATTA, ANNA!
E TU HAI FATTO UN GRANDISSIMO LAVORO PER FORTIFICARE L'ACCAMPAMENTO, BRAVISSIMA!
È STATA UNA PASSEGGIATA! ANNI DI COSTRUZIONI E AVVENTURE HANNO RIPAGATO. ORA DOBBIAMO SOLO PORTARE LA TARGA NEL TEMPIO, E RISVEGLIARE STRECATTO.
CI VORRÀ SOLO UN ATTIMO.
SICURA, ANNA?

Dal diario di G

GIORNO 22

«Chi trova un amico, trova un tesoro. Chi trova un tesoro, trova qualcuno che glielo vuole rubare, Lyon. Oppure trova qualcuno che inizia a essere geloso, invidioso e rancoroso. Io ti sto dando la caccia perché hai qualcosa che mi serve. Aspetta, l'hai sempre avuta, o te la sto mettendo io tra le mani?

SARÀ DIVERTENTE SPIEGARTELO DI PERSONA. ANZI, NO. NON TI SPIEGHERÒ MAI IL MOTIVO PER CUI TI CANCELLERÒ DA QUESTO MONDO!»

GIORNO 24

«Adesso sai cosa si prova nel nulla, Lyon. E lo sanno anche i tuoi amici. Avete sentito quel gelo, quel senso di vuoto assoluto fuori e dentro di voi. Sì, ne hai salvati alcuni, è vero. Ma so che dentro di te qualcosa è ancora lì, in profondità, che ti fa dubitare. Ti fa vacillare. Non sai se sarai in grado di sconfiggermi. Riuscirai a salvarli tutti? Riuscirai a salvare te stesso?

NON VEDO L'ORA DI POTERTI AVERE DI FRONTE A ME, LYON. PER ME SARÀ UNA GIOIA INFINITA INCONTRARTI, PER TE UN DOLORE MOLTO BREVE. AHAHAHAHAH!»

GIORNO 28

«Cerchi armi sempre più potenti. Costruisci armature sempre più resistenti. Innalzi mura sempre più possenti. Eppure, tu lo sai, Lyon, che tutto questo non serve a niente, se non sai usarlo nel modo giusto. Tutto sforzo e fatica inutili. Perché io ti conosco, Lyon, da un sacco di tempo.

TE LO LEGGO NEGLI OCCHI: IL TUO CUORE TREMA ANCORA. LASCIALO TREMARE. CI PENSERÒ IO A FERMARLO!»

GIORNO 30

«E pensare che potremmo essere noi due insieme, Lyon, a dominare questo posto. Nulla ci potrebbe fermare. Nulla si metterebbe contro di noi. Nulla.

O FORSE È NEL NULLA CHE FINIREMO INSIEME?»

NON VEDO L'ORA DI ABBRACCIARE QUELLO SPELACCHIATO DI STRECATTO. SE NE HA ANCORA VOGLIA.
FRA POCO SAREMO IN TRE, LYON, CI PENSI? LA BANDA SI STA RIFORMANDO!
MA CERTO CHE LO VUOLE, LYON! PENSO CHE STRE E TUTTI GLI ALTRI SIANO BLOCCATI COME ERO IO. E COSÌ COME IO NON VEDEVO L'ORA DI SENTIRTI DI NUOVO VICINO...
...SONO SICURA CHE ANCHE LORO TI VOGLIONO RIABBRACCIARE!
LORO FORSE SÌ, MA QUELLO LÌ NON MI PARE ABBIA ESATTAMENTE VOGLIA DI ABBRACCIARMI, ANNA!
MA CHE CASPITA È? ASSOMIGLIA A...
PROPRIO A LUI! DAMMI RETTA, VAI AL TEMPIO E SVEGLIA STRECATTO, IO INVECE TORNO AL CASTELLO E DISTRAGGO...

...QUESTA BRUTTA COPIA DEL NOSTRO AMICO STRIATO!
GRARH!
MA DA DOVE SPUNTA!?!
NON LO SO. FORSE QUESTI DEI GIOCANO BRUTTI SCHERZI? PERÒ NEL DUBBIO...
...CI RAGIONO DOPO. ORA È TEMPO DI DIFENDERSI!
GRANDISSIMA, ANNA. HA MIGLIORATO LE DIFESE DELL'ACCAMPAMENTO E HA PURE COSTRUITO UNA BALESTRA. NON È LA PIÙ POTENTE CHE ABBIA MAI VISTO MA...
...QUESTA RAFFICA DI DARDI TI FARÀ IL CONTROPELO, MICIONE GIGANTE!
GRAHR!
TAK
TAK TAK
TAK
GRARH!
AAAAH! DEVO FARE PRESTO!
TUK
TUK
TUK

IL TOKEN, DEVO POSIZIONARLO...
CLACK
...QUA!
L...LY... LYON!
ANNA, CHE BELLO RIABBRACCIARTI! DOV'È LYON?!? DA QUEL LUOGO OSCURO IN CUI MI TROVAVO ERO IN GRADO DI VEDERVI, MA I DETTAGLI ERANO TUTTI CONFUSI.
NON CAPIVO TUTTO QUELLO CHE STAVA SUCCEDENDO. SAPEVO SOLO CHE VOLEVATE AIUTARMI, QUELLO LO SENTIVO BENISSIMO!
STRE, AMICO MIO! NON C'È TEMPO PER SPIEGARE TUTTO NEL DETTAGLIO. LYON...
...HA BISOGNO DI NOI!
SBRAM
NON DEVI DIRMELO DUE VOLTE! SIAMO PRATICAMENTE DISARMATI, E SENZA ARMATURE, MA ORA NON MI INTERESSA. MI AVETE RIPORTATO DA QUESTA PARTE DELL'ESISTENZA...

...AIUTARE TE E LYON È IL MINIMO!
STRE! ANNA TI HA RISVEGLIATO!
E ANNA HA UNA SORPRESA PER QUEL BRUTTO COSO GIGANTE. TENETELO OCCUPATO, DEVO ENTRARE NELL'ACCAMPAMENTO!
FAGLI GIRARE LA TESTA, STRE, MENTRE IO GLIELA IMPALLINO COME SI DEVE. COME MI MANCAVA QUESTO GIOCO DI SQUADRA, AMICO!
TAK
TAK
A ME MANCAVA GIOCARE E CACCIARE CON TE, CAPO!
HEY, BRUTTA COPIA DI STRE...
...BECCATI UN PO' DI BLOCCHI DI PIETRA SU QUELLA TESTONA!
GRARGH!
OTTIMA MOSSA, ANNA! HAI IMPROVVISATO ALLA GRANDE.
GRANDISSIMI VOI, OTTIMA COORDINAZIONE E AFFIATAMENTO, SQUADRA.
UN GIOCO DA MICETTI! PERÒ...

...IL BRUTTONE CHE MI HA COPIATO LA FACCIA HA FATTO UN BEL DANNO, NO?
GIÃ, MA SE ABBIAMO COSTRUITO UNA VOLTA, POSSIAMO RIFARLO DI NUOVO. ANZI, POSSIAMO FARLO MEGLIO! DICO BENE, LYON?
DICI BENISSIMO, ANNA. ORA CHE HO LIBERATO DUE DI VOI, SENTO DI ESSERE SULLA BUONA STRADA!
E SOPRATTUTTO ABBIAMO BEN SEI MANI PER RICOSTRUIRE, DICO BENE?
DICI BENE, BOSS! NON SO ANCORA CHE STA SUCCEDENDO, MA NEL DUBBIO ABBONDEREI CON LE DIFESE, CHE DICI?
DICO CHE È LA COSA PIÙ FURBA CHE TU ABBIA MAI DETTO, AMICO. DIAMOCI DENTRO, E IN POCHE ORE...
...FAREMO UN GRANDE LAVORO!
POCHE ORE, INSOMMA... DICIAMO QUASI TUTTO IL GIORNO. PERÒ NE È VALSA LA PENA. MI SENTO GIÀ PIÙ SICURO, AMICI.
PIÙ FORTIFICATI, E CON QUALCHE ARMA IN PIÙ. E POSSIAMO ANCORA MIGLIORARE!
FFFIIIII
SENTITE ANCHE VOI QUESTO FISCHIO?
OK, TUTTI AI PROPRI POSTI, POSSIAMO REGGERE L'ASSALTO!
VADO ALL'ARMERIA!
MI CHIUDO IN UNA TORRETTA!

OÈ, QUA CI VIBRANO ANCHE LE FONDAMENTA!
SBRA-DAM
MA QUA DENTRO NON CI ENTRANO DI CERTO QUELLE COPIE ABERRANTI DI ME E ANNA!
BOOM
ARGH!
QUESTI NON SI FERMANO UN SECONDO, RAGAZZI!
TRANQUILLI, HO UN'IDEA!
BOOM
BOOM
BOOM
LYON, APRI IL PORTONE!
COSA!?!
TI FIDI DI ME, CAPO?
COME SEMPRE, AMORE!
ALLORA NEL MOMENTO ESATTO IN CUI TE LO DICO, APRI QUEL PORTONE, AMORE!

APRILO ORA!
TLACK
BOOM
SBAM
SONO INCASTRATI! SEI UNA VERA E PROPRIA ESPERTA DI STRATEGIA, ANNA!
È LO SPIRITO DELL'AVVENTURA CHE TORNA! E ORA...
...COLPIAMOLI CON TUTTI I NOSTRI COLPI COME FOSSERO PUNTASPILLI!
CE L'ABBIAMO FATTA! ANZI, ANNA, CI HAI PERMESSO DI FARCELA.
NO, HAI DETTO BENE, STRE. CE L'ABBIAMO FATTA, LAVORANDO INSIEME. DICO BENE, LYON?
SÌ, ANNA. STIAMO TORNANDO A ESSERE UN VERO TEAM DI AVVENTURIERI. E PENSO PROPRIO CHE AVREMO BISOGNO DI ALTRI AMICI, SAPETE?
ANZI, NE SONO SICURO...

QUESTA STORIA SI STA COMPLICANDO OGNI MINUTO CHE PASSA, RAGAZZI. GIÀ NON ERA PROPRIO UNA PASSEGGIATA...
...MA SE QUESTO MESSAGGIO CHE ERA ATTACCATO A QUEI DUE È VERO, FRA POCO DOVREMO VEDERCELA CONTRO DEGLI DEI!
Gli dei si stanno arrabbiando G
DEI? MA SEI SICURO? E POI CHI È QUESTO G?
È QUELLO CHE CI HA DATO UN INDIZIO PER RIUSCIRE A FARTI TORNARE DA QUESTA PARTE DEL NULLA E DELL'OSCURITÀ, STRE.
QUINDI DICI CHE È UN AMICO? O ALMENO UN ALLEATO? DOBBIAMO FIDARCI?
QUALCOSA IN LUI MI SUONA GIUSTO, MA DEVO AMMETTERE CHE I SUOI MODI SONO UN PO', COME DIRE, SOPRA LE RIGHE. FORSE NON MI FIDO AL CENTO PER CENTO. PER QUESTO...
...ANDRÒ DA SOLO AL SUO CASTELLO!
MA CHE DICI!?!
FIDATEVI, È LA COSA MIGLIORE. DEVO PARLARE CON LUI, E CREDO SIA MEGLIO NON, COME DIRE, ASSALIRLO IN TRE. INOLTRE VOI, NEL FRATTEMPO, POTRESTE FARE UNA COSA DI CUI ABBIAMO SENZA DUBBIO BISOGNO.
COSA?
LIBERARE ALEXNAUTS!
ANCHE ALEX È NEI GUAI!?!
LO SONO TUTTI, STRE. SIAMO SCAPPATI VELOCI DAL TEMPIO, MA SONO TUTTI LÌ, LETTERALMENTE DELLE STATUE.
ESATTO, E HANNO TUTTI BISOGNO DI UNA MANO. COME NOI ABBIAMO BISOGNO DEL LORO AIUTO, SE DAVVERO DOBBIAMO VEDERCELA CON DEGLI DEI. CAPITE?
SÌ, HA SENSO. ALLORA IO E STRE ANDIAMO IN CERCA DI ALEX MENTRE TU...

MENTRE IO CERCO DI PARLARE CON QUESTO 6 E CAPIRCI QUALCOSA DI PIÙ. CHE NE DITE?
DICO CHE CI RIVEDIAMO QUA. MA SE HAI BISOGNO DI UNA MANO, URLA FORTISSIMO E CI SAREMO!
O FORSE SARETE VOI A DOVER GRIDARE IL MIO NOME, CHISSÀ!
DICI CHE CE LA FARÀ?
NE SONO SICURA, PERCHÉ NON HA ALTERNATIVE, STRE. LA DOMANDA GIUSTA È UN'ALTRA: RIUSCIREMO A TROVARE IL TOKEN PER LIBERARE ALEX?
SULLA STATUA DI ALEX HO NOTATO UNA COSA. SEMBRAVA UN SEGNO LASCIATO DAL TEMPO, MA SECONDO ME È UN'INDICAZIONE PER IL DUNGEON GIUSTO.
MI SEMBRA UN AZZARDO, ANNA.
LO SO, STRE. PER QUESTO NON ANDREMO DISARMATI.
SIGNORA, LEI È PIENA DI SORPRESE! WOW! L'HO SEMPRE SAPUTO CHE LYON...
...HA FATTO JACKPOT QUANDO TI HA CONOSCIUTO!
OK, IL POSTO MI SA PROPRIO CHE È QUESTO QUA. DI SICURO...

...SEMBRA IL POSTO IN CUI VIVREBBE UNO CON LA FACCIA DEMONIACA COME QUESTO SIGNOR 6. IO NON CI VIVREI NEMMENO SE PERDESSI TUTTI I MIEI SOLDI O DISTRUGGESSERO IL MIO RIFUGIO PREFERITO.
MA ORA TOCCA FARE BUON VISO A CATTIVO GUSTO ESTETICO, ED ESPLORARE QUESTO EDIFICIO DEGLI ORRORI.
QUESTO È PROPRIO APPASSIONATO DI ROBA OSCURA E MALEDETTA, MA ANCHE MOLTO RARA E PREZIOSA. ANZI, QUESTO MATERIALE È PREZIOSISSIMO. SEMPRE CHE SIA VERO...
...E NON FIN*
OH NO, SONO DI NUOVO NEL NULLA!
BENTORNATO, LYON.
BENTORNATO DOVE!?! MA SOPRATTUTTO, CHI SEI VERAMENTE? COSA VUOI DA ME E DAI MIEI AMICI?
VOGLIO SOLO AIUTARTI, LYON. AIUTARE TE, E I TUOI AMICI...
LASCIA STARE I MIEI AMICI, SAI? NON TI AZZARDARE A TOCCARLI. ANCHE SE LI CONOSCO BENE, SONO MOLTO CAPACI...

...SAREBBERO IN GRADO DI TENERTI TESTA, SAI?
OH, NE SONO CERTO.
LI VEDO DARSI UN GRAN DAFFARE PER AIUTARTI, LYON.
E PARE CHE LA FORTUNA LI STIA AIUTANDO, PER ORA.
LYON, COS'È QUEL TONO, LI STAI MINACCIANDO?
DICO SOLO CHE QUESTO È UN MONDO PERICOLOSO, LYON.
UN MONDO IN CUI FAREMMO QUALSIASI COSA PER GLI AMICI, NO?
DOBBIAMO SAPERE CHI SONO I NOSTRI AMICI. E GLI DEI NON LO SONO, LYON!
COME FACCIO A CREDERTI?
NON DEVI CREDERE A ME. DEVI SOLO VEDERE QUELLO CHE IDONA HA INTENZIONE DI FARE!
IDONA? MA CHE DICI?
DOVE SEI FINITO? COS'È QUESTA LUCE ACCECANTE?

FATTI VEDERE! DAMMI DELLE RISPOSTE!
LYON! DOVE ERI FINITO? SEI SPARITO PER UN SACCO DI TEMPO!
ANNA! MA, COME HO FATTO A TORNARE NELL'ACCAMPAMENTO? CHE SUCCEDE!?! STRECATTO, CHI CI STA ATTACCANDO?
NON NE SIAMO SICURI, LYON! SONO GUERRIERI INFUOCATI CHE VOGLIONO ENTRARE QUA DENTRO!
GUERRIERI DI FUOCO? MA FORSE ALLORA È LA DEA IDONA. DOBBIAMO RESISTERE, RAGAZZI. ANCHE SE SIAMO IN TRE, POSSIAMO FARCELA!
VORRAI DIRE IN QUATTRO, CAPO!
ALEX!

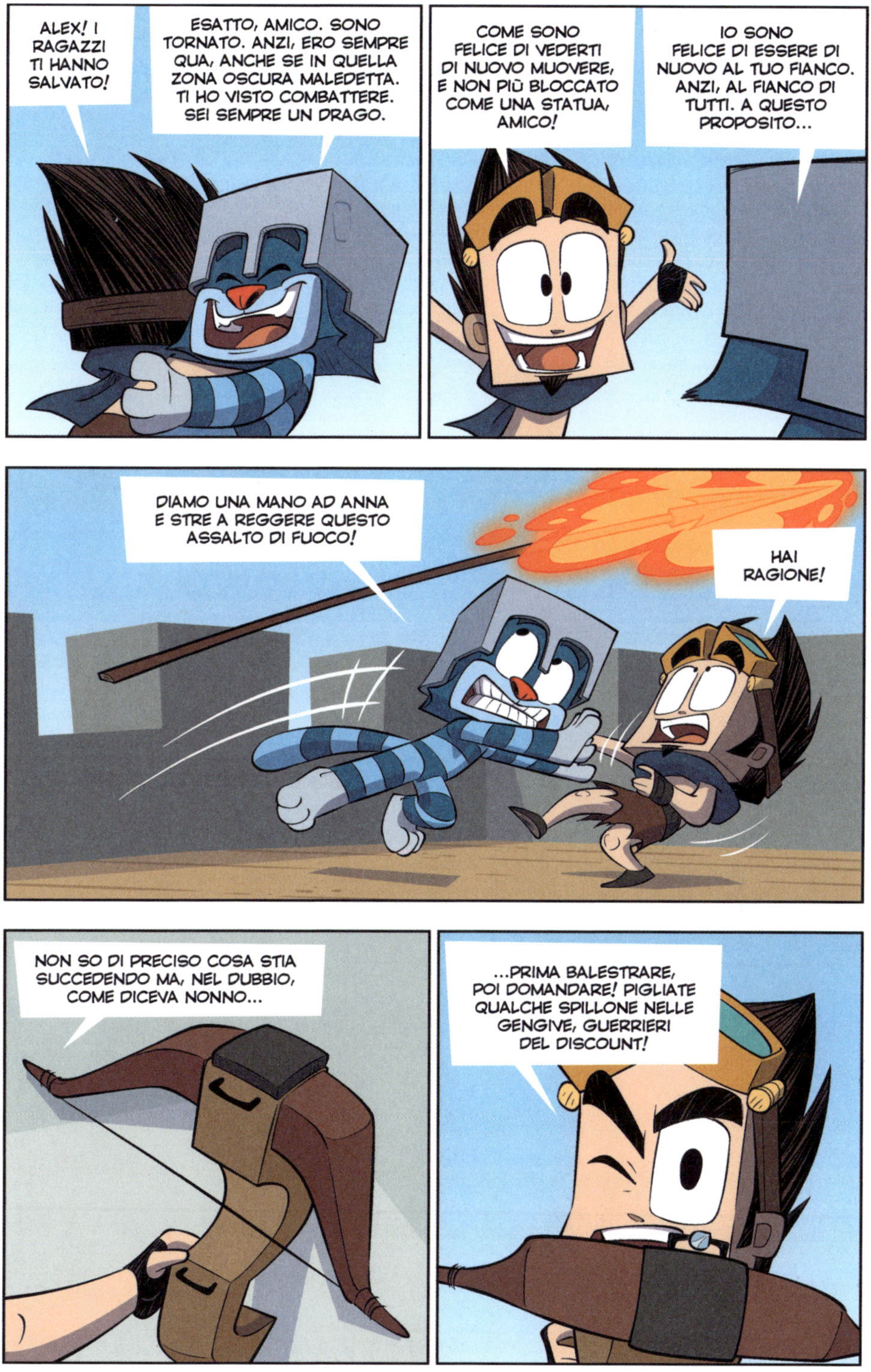
ALEX! I RAGAZZI TI HANNO SALVATO!
ESATTO, AMICO. SONO TORNATO. ANZI, ERO SEMPRE QUA, ANCHE SE IN QUELLA ZONA OSCURA MALEDETTA. TI HO VISTO COMBATTERE. SEI SEMPRE UN DRAGO.
COME SONO FELICE DI VEDERTI DI NUOVO MUOVERE, E NON PIÙ BLOCCATO COME UNA STATUA, AMICO!
IO SONO FELICE DI ESSERE DI NUOVO AL TUO FIANCO. ANZI, AL FIANCO DI TUTTI. A QUESTO PROPOSITO...
DIAMO UNA MANO AD ANNA E STRE A REGGERE QUESTO ASSALTO DI FUOCO!
HAI RAGIONE!
NON SO DI PRECISO COSA STIA SUCCEDENDO MA, NEL DUBBIO, COME DICEVA NONNO...
...PRIMA BALESTRARE, POI DOMANDARE! PIGLIATE QUALCHE SPILLONE NELLE GENGIVE, GUERRIERI DEL DISCOUNT!

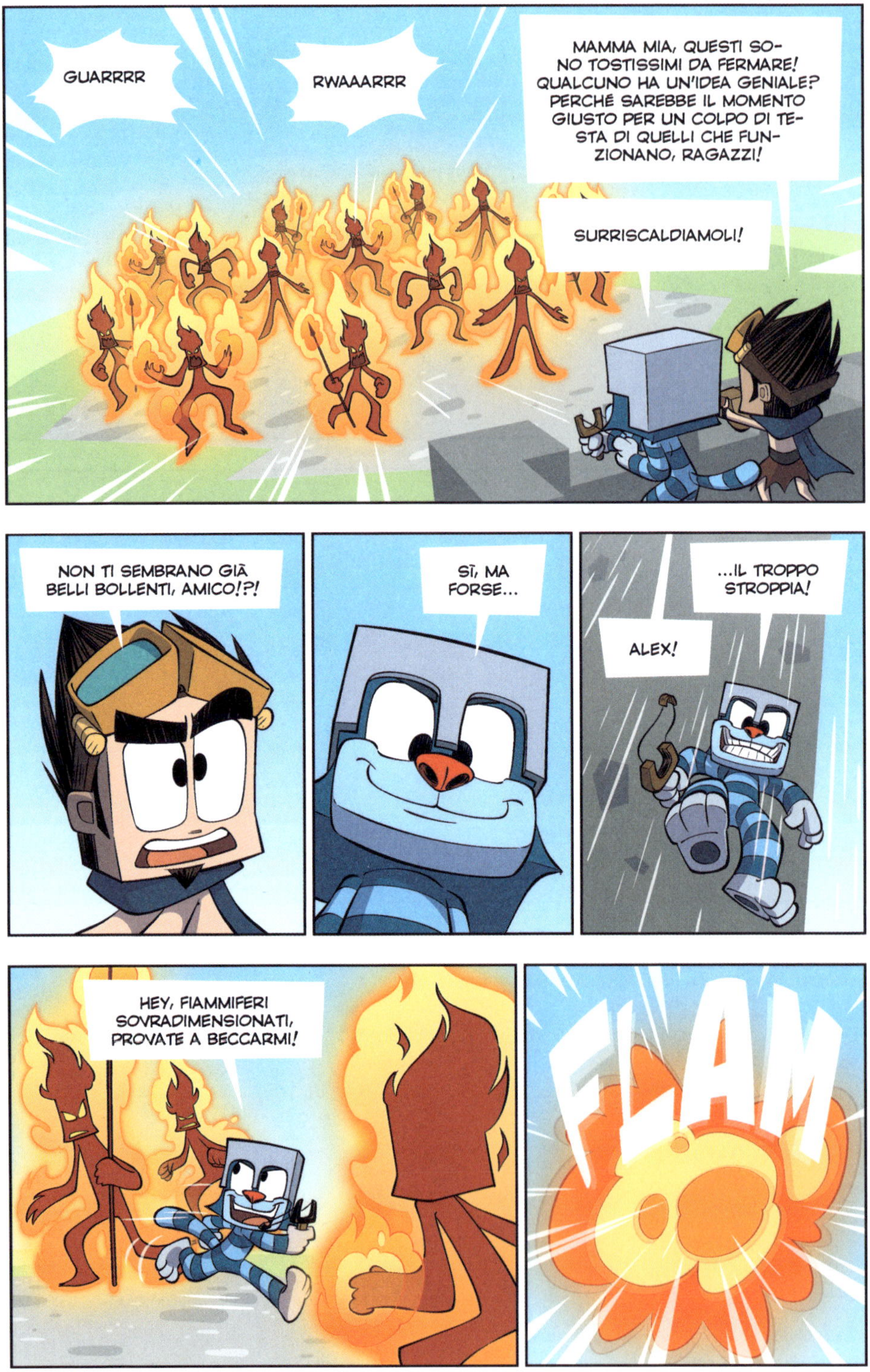
GUARRRR
RWAAARRR
MAMMA MIA, QUESTI SONO TOSTISSIMI DA FERMARE! QUALCUNO HA UN'IDEA GENIALE? PERCHÉ SAREBBE IL MOMENTO GIUSTO PER UN COLPO DI TESTA DI QUELLI CHE FUNZIONANO, RAGAZZI!
SURRISCALDIAMOLI!
NON TI SEMBRANO GIÀ BELLI BOLLENTI, AMICO!?!
SÌ, MA FORSE...
...IL TROPPO STROPPIA!
ALEX!
HEY, FIAMMIFERI SOVRADIMENSIONATI, PROVATE A BECCARMI!
FLAM

SÌ, COSÌ!
AH, HO CAPITO!
O ALMENO ME LO AUGURO!
HEY, TESTA D'ACCENDINO, GUARDA QUA!
FLAM FLAM
PESSIMA MIRA, FIAMMELLA! FORZA RAGAZZI, POSSIAMO FARCELA!
PER UN PELO!
FIZZ
FORZA, NON FERMIAMOCI.
FFFFFZZZZZ

FUNZIONA! STANNO FONDENDO LA PIETRA SU CUI CAMMINANO, SI STANNO ANNEGANDO DA SOLI NELLE *PIETRE MOBILI*!
FF
GRARG
SSSSSS
FFFFSSSSSSSSS
BL BL BL BL BL
CI SIAMO RIUSCITI, SQUADRA!
QUASI! QUELLO LÀ...
...SE NE STA ANDANDO! LO INSEGUIAMO?
ASPETTA, ALEX!
QUESTA NON È UNA NORMALE BRUCIATURA.
NO, DECISAMENTE NO, LYON...

SEMBRA PROPRIO CHE ABBIAMO FATTO ARRABBIARE UNA DIVINITÀ, RAGAZZI.
CERTO CHE SE QUESTO ATTACCO ERA SOLO L'ANTIPASTO, ALLORA...
Le mie fiamme caleranno dal cielo. Non avrete scampo. IDONA
ALLORA ABBIAMO BISOGNO DI PIÙ ARMI, PIÙ DIFESE MA, SOPRATTUTTO, PIÙ AMICI!
VUOI DIRE CHE...
...SÌ, DOBBIAMO TROVARE CICOTOBI! MA NON LO FAREMO INSIEME!
COME? MA SEI SICURO?
SÌ, RAGAZZI, È UNA QUESTIONE DI TEMPO: SE IDONA CI ATTACCA SUBITO, RISCHIAMO GROSSISSIMO, NO?
NON HAI TORTO, AMICO.
PER CUI QUESTO È IL MIO PIANO: ANNA E IO ANDIAMO IN CERCA DI CICO, MENTRE ALEX E STRE POTENZIANO ANCORA DI PIÙ L'ACCAMPAMENTO.
IN QUESTO MODO, SE IDONA ATTACCA QUANDO NON CI SIAMO, AVRETE ABBASTANZA TEMPO PER RESISTERE PRIMA DEL NOSTRO RITORNO. CHE NE DITE?
DICO CHE TROVERAI UN FORTE INESPUGNABILE, BOSS!
NON CI SARÀ DIVINITÀ CHE TENGA, QUESTA VOLTA.
SAPEVO DI POTER CONTARE SU DI VOI.
ALLORA, ANNA, ANDIAMO A CERCARE CICO?
SONO GIÀ UN PASSO DAVANTI A TE, LYON. ORA TI SPIEGO QUEGLI STRANI SCARABOCCHI SULLE STATUE. MA PRIMA FACCIAMO UN SALTO IN ARMERIA...

...NON VORRAI AIUTARE CICO VESTITO IN QUEL MODO!
AVEVI RAGIONE, AMORE. CON QUESTA ARMATURA MI SENTO DECISAMENTE PIÙ AL SICURO E PRONTO A SALVARE CICO. HAI TROVATO UN SACCO DI ROBA, SALVANDO ALEX.
SÌ, QUESTI DUNGEON SONO PIENI DI PERICOLI. PERÒ, PER ORA, TROVO ANCHE UN SACCO DI ROBA DI BUONA FATTURA, E MATERIALI PREZIOSI. TIENI GLI OCCHI APERTI, POTRESTI RIEMPIRTI LE TASCHE DI COSE UTILI.
SONO SICURO CHE IL GIOCO VALE LA CANDELA, MA PURE I MOSTRI NON MI SEMBRANO ESATTAMENTE QUELLI CHE SI INCROCIANO TUTTI I GIORNI.
ZOCK
HAI RAGIONE, L'HO NOTATO PURE IO. I MOSTRI SEMBRANO DIVENTARE SEMPRE PIÙ FORTI. MOTIVO IN PIÙ PER CUI...
...SERVE AVERE UNA ROCCAFORTE PER AFFRONTARE LE DIVINITÀ!
SONO D'ACCORDO, AMORE.
ABBIAMO BISOGNO DI ARMI MIGLIORI O FINIREMO COME CIBO PER MOSTRI E ALTRI ANIMALI DIVERSAMENTE COCCOLOSI, TEMO!
QUELLA CASSA LAGGIÙ MI ISPIRA!
ZACK

VUOTA!
AL CONTRARIO DI QUESTO DUNGEON! SICURA SIA QUELLO GIUSTO?
SÌ, QUESTI INDIZI SONO SEMPRE STATI UTILI! PERÒ FORSE DEVO CONTROLLARE MEGLIO.
OPPURE... HO UN'INTUIZIONE, ANNA, PROVA A PIEGARLA!
MA CERTO! LA PIANTA DEL DUNGEON ERA TROPPO GRANDE PER AVERE SENSO.
MA FACENDO COSÌ...
ECCO DOVE DOBBIAMO ANDARE!
FORZA, POSSIAMO FARCELA E TORNARE A CASA CON IL TOKEN PER...

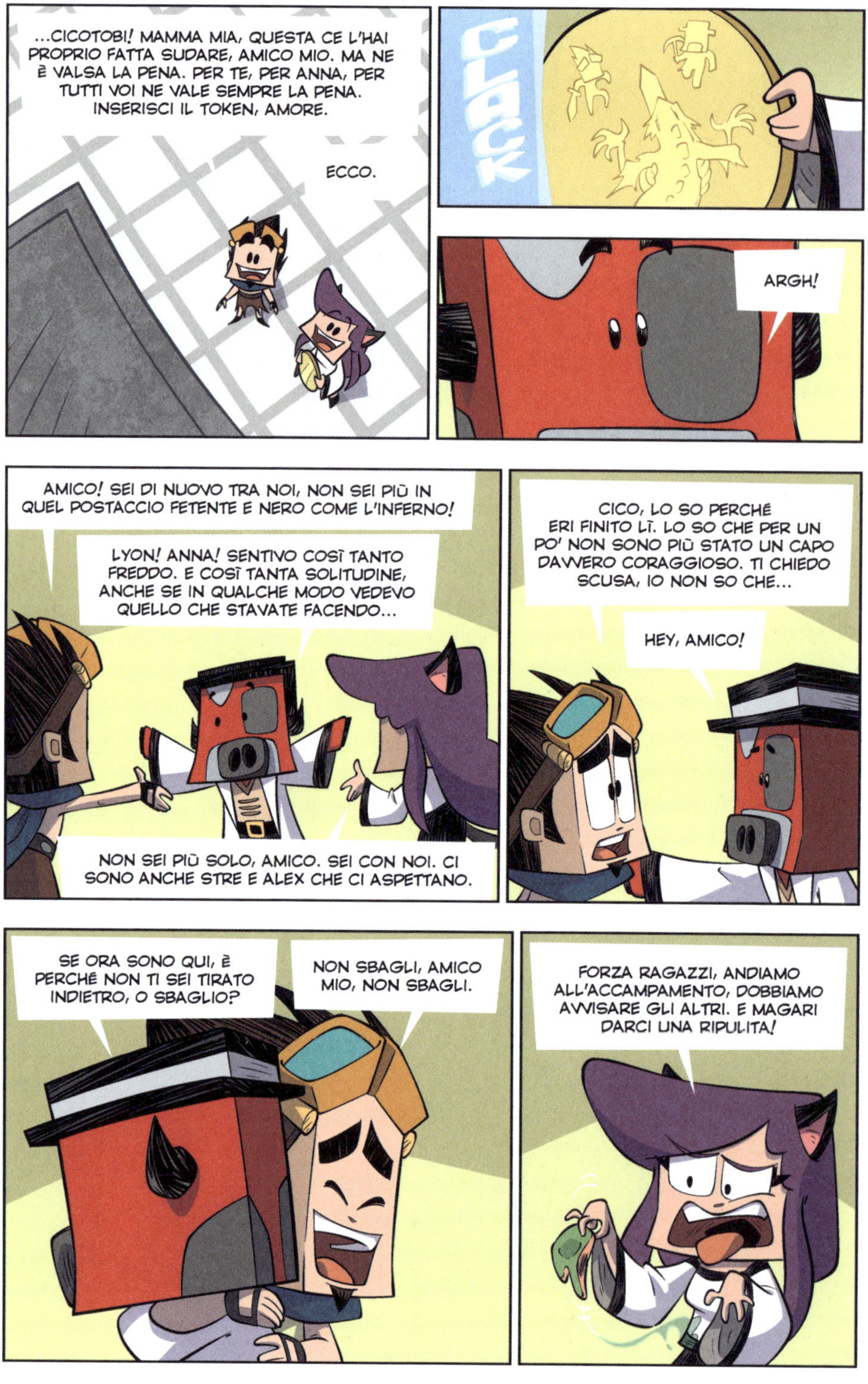
...CICOTOBI! MAMMA MIA, QUESTA CE L'HAI PROPRIO FATTA SUDARE, AMICO MIO. MA NE È VALSA LA PENA. PER TE, PER ANNA, PER TUTTI VOI NE VALE SEMPRE LA PENA. INSERISCI IL TOKEN, AMORE.
ECCO.
CLACK
ARGH!
AMICO! SEI DI NUOVO TRA NOI, NON SEI PIÙ IN QUEL POSTACCIO FETENTE E NERO COME L'INFERNO!
LYON! ANNA! SENTIVO COSÌ TANTO FREDDO. E COSÌ TANTA SOLITUDINE, ANCHE SE IN QUALCHE MODO VEDEVO QUELLO CHE STAVATE FACENDO...
NON SEI PIÙ SOLO, AMICO. SEI CON NOI. CI SONO ANCHE STRE E ALEX CHE CI ASPETTANO.
CICO, LO SO PERCHÉ ERI FINITO LÌ. LO SO CHE PER UN PO' NON SONO PIÙ STATO UN CAPO DAVVERO CORAGGIOSO. TI CHIEDO SCUSA, IO NON SO CHE...
HEY, AMICO!
SE ORA SONO QUI, È PERCHÉ NON TI SEI TIRATO INDIETRO, O SBAGLIO?
NON SBAGLI, AMICO MIO, NON SBAGLI.
FORZA RAGAZZI, ANDIAMO ALL'ACCAMPAMENTO, DOBBIAMO AVVISARE GLI ALTRI. E MAGARI DARCI UNA RIPULITA!

CICO!
RAGAZZI! FINALMENTE POSSO RIVEDERVI! AVETE FATTO UN LAVORO SPETTACOLARE CON QUESTA ROCCAFORTE! MI SENTO GIÀ PIÙ SICURO E PIÙ AL SICURO.
GRAZIE, AMICO! PERÒ LE BASI LE HA COSTRUITE LYON.
E LE PRIME FORTIFICAZIONI LE HA AGGIUNTE ANNA, NOI ABBIAMO SOLO PORTATO AVANTI IL LAVORO!
PERCHÉ LA SQUADRA STA TORNANDO ALLA GRANDE, RAGAZZI! PIÙ SIAMO, PIÙ QUESTE DIVINITÀ AVRANNO DEL FILO DA TORCERE PRIMA DI SCONFIGGERCI!
DIVINITÀ?
SÌ, ORA TI SPIEGO, MENTRE INDOSSIAMO LE ARMATURE E IMBRACCIAMO LE ARMI MIGLIORI TROVATE NEL DUNGEON. FIDATI, NE AVRAI BISOGNO...

INSOMMA, CICO, IL SUCCO È CHE QUESTO FANTOMATICO 6 PARE VOGLIA DARCI UNA MANO, METTENDOCI A GUARDIA DI QUESTE DIVINITÀ CHE VORREBBERO FARCI LA PELLE.
E SE LA MINACCIA DI IDONA È VERA, E GLI AIUTI CHE 6 MI HA DATO FINORA HANNO FUNZIONATO, SONO PORTATO A CREDERE ABBIA RAGIONE LUI.
CREDO DOVREMMO POTENZIARE ANCORA DI PIÙ LA NOSTRA ROCCAFORTE, PER ESSERE SICURI, E CAPIRE IN CHE MODO COLPIRE GLI DEI PRIMA CHE LORO COLPISCANO NOI. CHE DITE?
LYON, È UN GROSSO RISCHIO QUELLO CHE CI CHIEDI. FORTIFICARE IL NOSTRO ACCAMPAMENTO HA DI SICURO LA SUA LOGICA, PERÒ COLPIRE DELLE DIVINITÀ...
EPPURE SONO SICURO CHE NON SE LO ASPETTEREB-BERO!
SE SOLO AVESSIMO UN VANTAGGIO NEL CAPIRE DOVE E COME COLPIRLE. SONO SICURO CHE SAREBBE LA MOSSA GIUSTA.
LYON!
GLITCH

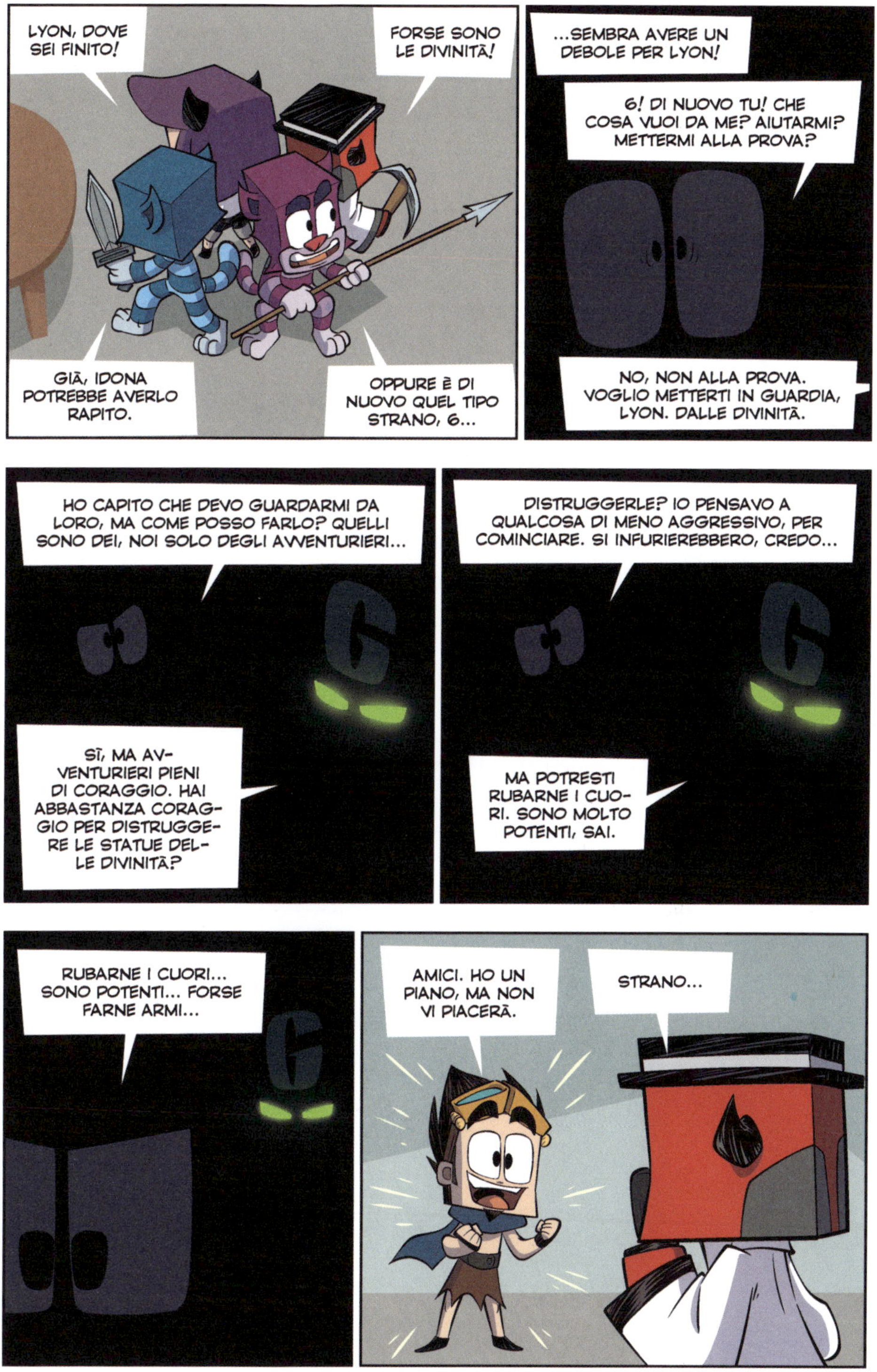
LYON, DOVE SEI FINITO!
FORSE SONO LE DIVINITÀ!
GIÀ, IDONA POTREBBE AVERLO RAPITO.
OPPURE È DI NUOVO QUEL TIPO STRANO, 6...
...SEMBRA AVERE UN DEBOLE PER LYON!
6! DI NUOVO TU! CHE COSA VUOI DA ME? AIUTARMI? METTERMI ALLA PROVA?
NO, NON ALLA PROVA. VOGLIO METTERTI IN GUARDIA, LYON. DALLE DIVINITÀ.
HO CAPITO CHE DEVO GUARDARMI DA LORO, MA COME POSSO FARLO? QUELLI SONO DEI, NOI SOLO DEGLI AVVENTURIERI...
SÌ, MA AVVENTURIERI PIENI DI CORAGGIO. HAI ABBASTANZA CORAGGIO PER DISTRUGGERE LE STATUE DELLE DIVINITÀ?
DISTRUGGERLE? IO PENSAVO A QUALCOSA DI MENO AGGRESSIVO, PER COMINCIARE. SI INFURIEREBBERO, CREDO...
MA POTRESTI RUBARNE I CUORI. SONO MOLTO POTENTI, SAI.
RUBARNE I CUORI... SONO POTENTI... FORSE FARNE ARMI...
AMICI. HO UN PIANO, MA NON VI PIACERÀ.
STRANO...

DOPO UNA LUNGA E ACCESA DISCUSSIONE IL PIANO DI LYON VIENE APPROVATO.
LYON, MA SEI PROPRIO SICURO CHE DISINTEGRARE LE STATUE DI QUATTRO DIVINITÀ SIA UNA BUONA IDEA?
SÌ, RAGAZZI. QUA IL TEMPO STRINGE, IDONA È SUL PIEDE DI GUERRA E DOBBIAMO PASSARE ALL'ATTACCO. 6 DICE CHE QUI DENTRO TROVEREMO I LORO CUORI, POTENTISSIMI, CON CUI CREARE ARMI DEVASTANTI!
SE È VERO, NON SARÀ UNA PASSEGGIATA. SONO ARTEFATTI POTENTISSIMI, CERTO, MA ANCHE MOLTO PERICOLOSI E DIFFICILI DA USARE.
ANNA HA RAGIONE. STIAMO GIOCANDO COL FUOCO, RAGAZZI. E NON PARLO SOLO DI QUELLO DI IDONA.
VE LO RIPETO: SIAMO IN UNA SITUAZIONE DI EMERGENZA. E POI HO UNA BUONA SENSAZIONE...
SÌ! CHE VI DICEVO! 6 CI HA DATO UNA MANO!
È VERO, GUARDATE QUA!
IL CUORE DI WANDARR! SENTO IL SUO POTERE SOLO TOCCANDOLO. ORA SÌ CHE QUESTO PIANO MI PIACE!
PERÒ C'È UN PROBLEMA, GENTE. QUELLO DI TENOS...

...NON C'È!
E NEMMENO QUELLO DI IDONA, LYON! ABBIAMO CERCATO OVUNQUE.
NON ABBIAMO LASCIATO INTERO NEMMENO UN CENTIMETRO CUBO DELLE STATUE.
MA NON È POSSIBILE. 6 HA DETTO CHE LI AVREMMO TROVATI TUTTI. FORSE...
...FORSE CERCANDO MEGLIO LI TROVIAMO, MAGARI SONO FINITI SOTTO UN PEZZO DI STATUA E NON LO AVETE NOTATO.
LYON!
NON SONO ARRABBIATO CON VOI, ANNA! NON DICO CHE AVETE SBAGLIATO, PERÒ MAGARI NELLA FRETTA...
NON PARLO DELLE MACERIE, PARLO DI QUELLE!
TUTTI AL RIPARO! E TENETE STRETTI I DUE CUORI, MI RACCOMANDO!
QUESTA DEVE ESSERE LA VENDETTA DI IDONA!
BOOM

SONO PALADINI DI FUOCO, DEVE AVERLI MANDATI DAVVERO IDONA!
CI AVEVI VISTO GIUSTO, CICO. EPPURE IL CUORE DI IDONA NON È LÌ. NON CAPISCO...
NON IMPORTA AMICO, CI PENSIAMO DOPO. ORA LA COSA IMPORTANTE È FERMARE QUEI TIZZONI D'INFERNO.
POSSIAMO FARCELA. ORMAI SAPPIAMO CHE SONO GUERRIERI DEL FUOCO PER CUI...
CI SIAMO PREPARATI A DOVERE MENTRE TU ERI CHISSÀ DOVE NEL NULLA, LYON.
AVETE FATTO UN OTTIMO LAVORO, ALEX. DIREI CHE ORA POSSIAMO...
...RAFFREDDARE I LORO BOLLENTI E BELLICOSI SPIRITI!
GRAAAR
ZOOOW
FLASH
SPLASH
GRAAR
GRAARR
FUNZIONA! SI STANNO ROMPENDO!

QUESTI COLPI DI GELO STANNO SPACCANDO LE LORO CORAZZE ROVENTI.
STANNO ANCHE DIVENTANDO PIÙ LENTI. NON MOLLATE, RAGAZZI...
IL PORTONE POTENZIATO REGGE! E LORO INVECE...
BOOOM
BOOM
ZAAAAP
...STANNO PER CEDERE!
GRAA...
VITTORIA!
GRAZIE A VOI CE L'ABBIAMO FATTA, RAGAZZI!
PERÒ SIAMO QUI GRAZIE A TE, LYON!
HAI RAGIONE, STRE. MA MANCA ANCORA QUALCUNO...

ABBIAMO BISOGNO DI PIÙ AIUTO POSSIBILE, RAGAZZI. PER CUI ORA ANDRÒ A CERCARE METALMAVIO. UNA VOLTA RIANIMATO POTRÀ COMBATTERE AL NOSTRO FIANCO. A QUEL PUNTO...
NO.
COME NO, ALEX?!?
DICO CHE NO...
...NON ANDRAI DA SOLO A SALVARE MAVIO. VERRÒ CON TE. E NON ACCETTO UN NO COME RISPOSTA, CAPO.
ALEX, IO... GRAZIE, AMICO. INSIEME A MAVIO CE LA FAREMO.
PERÒ...
CICO, HAI ANCORA QUALCHE DUBBIO SU DI ME?
NO, AMICO! STAI ANDANDO ALLA GRANDE, E SIAMO TUTTI SEMPRE PIÙ COMPATTI COME GRUPPO. NON SONO SICURISSIMO CHE 6 SIA DAVVERO DALLA NOSTRA PARTE, LO AMMETTO.
MA MI FIDO DI TUTTE LE PERSONE IN QUESTA STANZA.
ALLORA CHE DUBBIO TI ATTANAGLIA?
CREDO CHE PER FARCELA CONTRO LE DIVINITÀ, SE DAVVERO CI ATTACCHERANNO, AVREMO BISOGNO DI PIÙ POTENZA. E NON PARLO SOLO DI ARMI.
DI CHE PARLI, ALLORA? INCANTESIMI? MAGIA MALEDETTA?

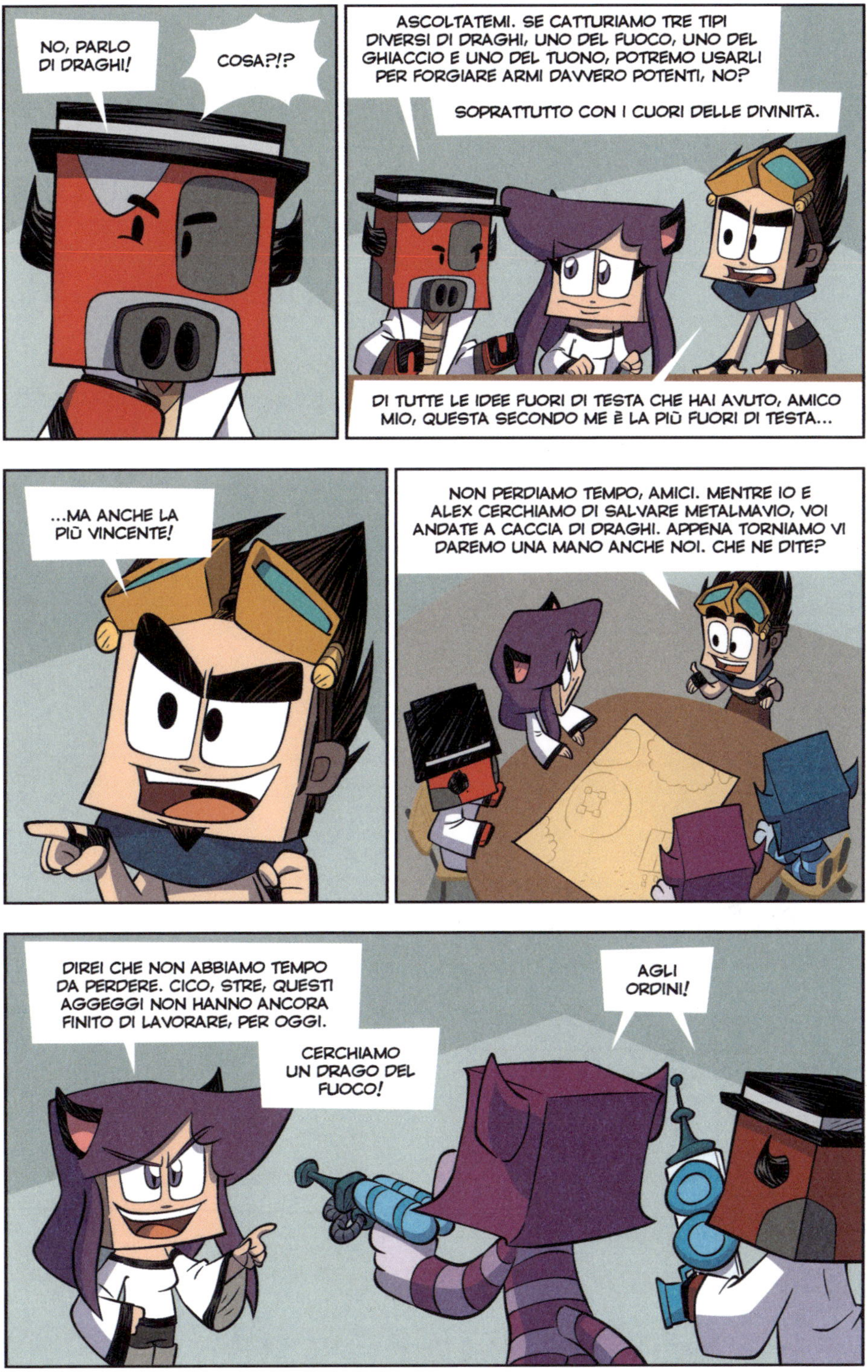
NO, PARLO DI DRAGHI!
COSA?!?
ASCOLTATEMI. SE CATTURIAMO TRE TIPI DIVERSI DI DRAGHI, UNO DEL FUOCO, UNO DEL GHIACCIO E UNO DEL TUONO, POTREMO USARLI PER FORGIARE ARMI DAVVERO POTENTI, NO?
SOPRATTUTTO CON I CUORI DELLE DIVINITÀ.
DI TUTTE LE IDEE FUORI DI TESTA CHE HAI AVUTO, AMICO MIO, QUESTA SECONDO ME È LA PIÙ FUORI DI TESTA...
...MA ANCHE LA PIÙ VINCENTE!
NON PERDIAMO TEMPO, AMICI. MENTRE IO E ALEX CERCHIAMO DI SALVARE METALMAVIO, VOI ANDATE A CACCIA DI DRAGHI. APPENA TORNIAMO VI DAREMO UNA MANO ANCHE NOI. CHE NE DITE?
DIREI CHE NON ABBIAMO TEMPO DA PERDERE. CICO, STRE, QUESTI AGGEGGI NON HANNO ANCORA FINITO DI LAVORARE, PER OGGI.
CERCHIAMO UN DRAGO DEL FUOCO!
AGLI ORDINI!

STIAMO VIVENDO UNA STRANA AVVENTURA, UN'AVVENTURA CHE RICHIEDE ALCUNE ALLEANZE PAR-TICOLARI.
ANCHE SE ALCUNI ALLEATI NON SONO PROPRIO DEI VOLONTARI, DICIAMO.
MA ABBIAMO BISOGNO DI OGNI ARMA A NOSTRA DISPOSIZIONE, E SE DOBBIAMO RISCHIARE GROSSO, BEH, LO SAI CHE NON CI TIRIAMO INDIETRO.
CHE SI TRATTI DI STRINGERE I DENTI PER ACCHIAPPARE UN POTERE DIFFICILE DA IMBRIGLIARE.
CHE SI TRATTI DI TROVARE IL PEZZO MANCANTE DI UN PUZZLE NECESSARIO A SALVARE UN AMICO, POCO IMPORTA.
SIAMO UNA SQUADRA. LO SIAMO SEMPRE STATI.

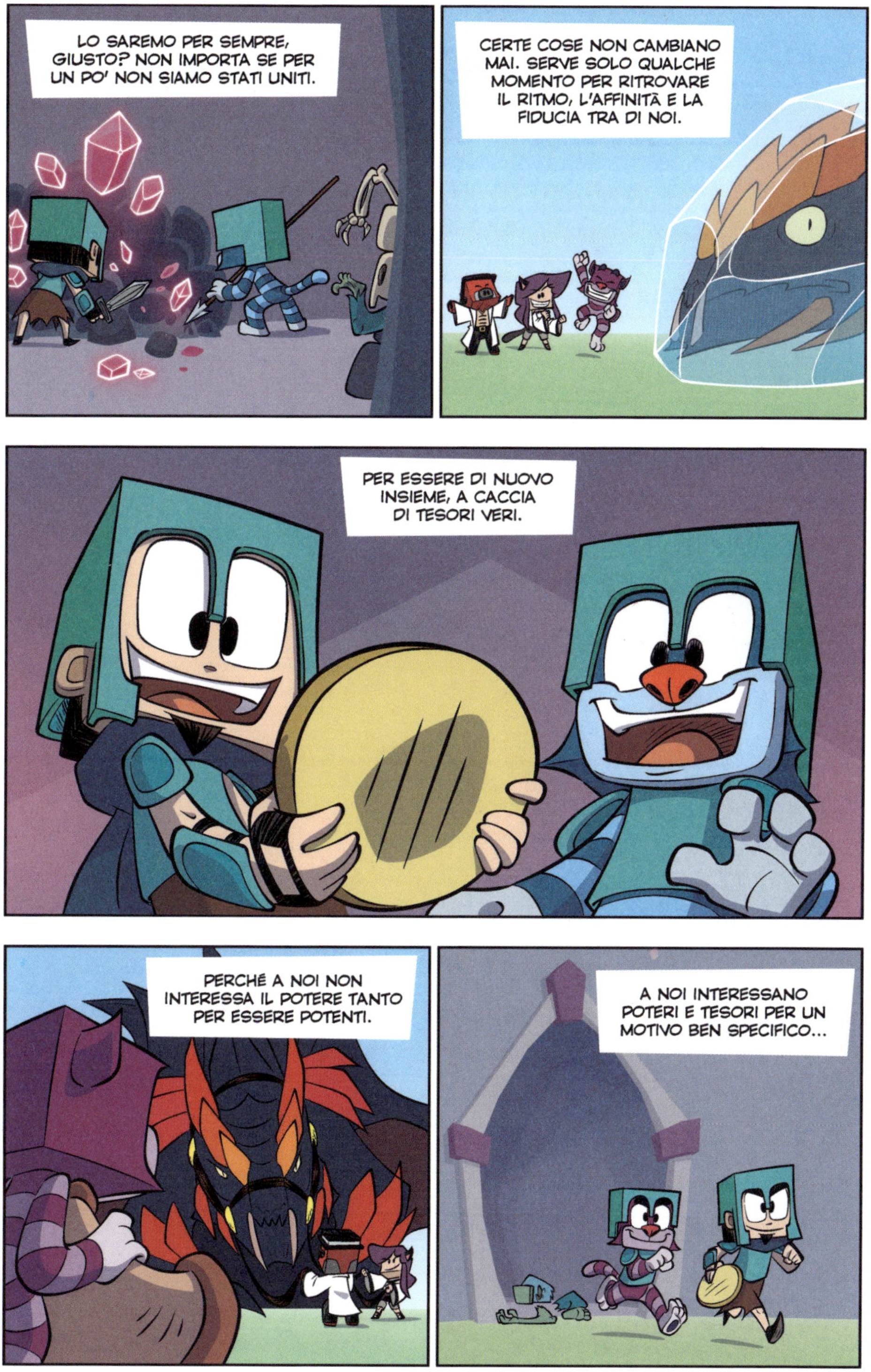
LO SAREMO PER SEMPRE, GIUSTO? NON IMPORTA SE PER UN PO' NON SIAMO STATI UNITI.
CERTE COSE NON CAMBIANO MAI. SERVE SOLO QUALCHE MOMENTO PER RITROVARE IL RITMO, L'AFFINITÀ E LA FIDUCIA TRA DI NOI.
PER ESSERE DI NUOVO INSIEME, A CACCIA DI TESORI VERI.
PERCHÉ A NOI NON INTERESSA IL POTERE TANTO PER ESSERE POTENTI.
A NOI INTERESSANO POTERI E TESORI PER UN MOTIVO BEN SPECIFICO...

CONTINUARE A ESSERE UNA SQUADRA DI AMICI.
CONTINUARE A STARE INSIEME, NONOSTANTE TUTTO.
INSOMMA, ECCOCI QUA, AMICO MIO. COME VEDI STIAMO CORRENDO CONTRO DELLE DIVINITÀ E CONTRO IL TEMPO. E UNA DELLE DIVINITÀ È PURE IL DIO DEL TEMPO, CAPISCI CHE LA SITUAZIONE È QUASI INCONTROLLABILE. CI DARAI UNA MANO?
UNA SOLA? MI SEMBRA CHE VE NE SERVANO ALMENO DUE. E ANCHE UN PAIO DI PIEDI CON CUI CALCIARE QUESTE DIVINITÀ, LYON!
QUANDO ERO NEL NULLA HO VISTO TUTTO QUELLO CHE AVETE FATTO, AMICO. ALCUNI DETTAGLI ERANO CONFUSI, MA SENTIVO LA VOSTRA FORZA E IL VOSTRO CORAGGIO ARRIVARE A ONDATE.
LO SO CHE SEI TORNATO IL CAMPIONE DI UN TEMPO. DIMMI SOLO COSA DOBBIAMO FARE PER NON FARCI ANNIENTARE!
LE TUE PAROLE MI COMMUOVONO, MAVIO, E AUMENTANO IL CORAGGIO CHE SENTO CRESCERE DENTRO DI ME ORA CHE SONO CON VOI.
E NE AVREMO BISOGNO ENTRAMBI, PER CATTURARE UN DRAGO DEL TUONO!
WOW! SPERAVO DI AVERE ALMENO IL TEMPO DI SGRANCHIRMI LE GAMBE!

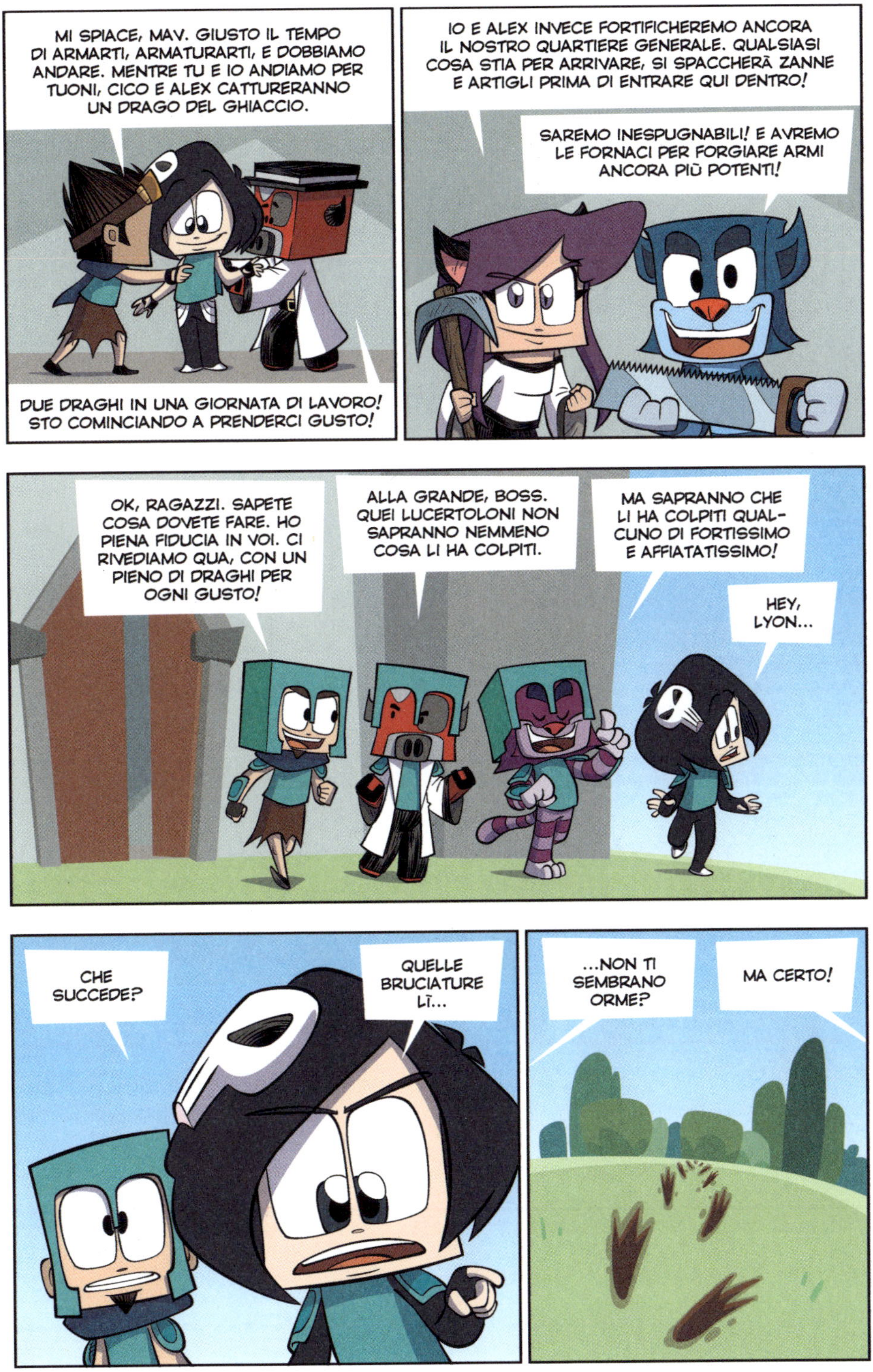
MI SPIACE, MAV. GIUSTO IL TEMPO DI ARMARTI, ARMATURARTI, E DOBBIAMO ANDARE. MENTRE TU E IO ANDIAMO PER TUONI, CICO E ALEX CATTURERANNO UN DRAGO DEL GHIACCIO.
DUE DRAGHI IN UNA GIORNATA DI LAVORO! STO COMINCIANDO A PRENDERCI GUSTO!
IO E ALEX INVECE FORTIFICHEREMO ANCORA IL NOSTRO QUARTIERE GENERALE. QUALSIASI COSA STIA PER ARRIVARE, SI SPACCHERÀ ZANNE E ARTIGLI PRIMA DI ENTRARE QUI DENTRO!
SAREMO INESPUGNABILI! E AVREMO LE FORNACI PER FORGIARE ARMI ANCORA PIÙ POTENTI!
OK, RAGAZZI. SAPETE COSA DOVETE FARE. HO PIENA FIDUCIA IN VOI. CI RIVEDIAMO QUA, CON UN PIENO DI DRAGHI PER OGNI GUSTO!
ALLA GRANDE, BOSS. QUEI LUCERTOLONI NON SAPRANNO NEMMENO COSA LI HA COLPITI.
MA SAPRANNO CHE LI HA COLPITI QUAL-CUNO DI FORTISSIMO E AFFIATATISSIMO!
HEY, LYON...
CHE SUCCEDE?
QUELLE BRUCIATURE LÌ...
...NON TI SEMBRANO ORME?
MA CERTO!

I PALADINI DI IDONA! DURANTE IL PRIMO ATTACCO UNO ERA FUGGITO, MA NON ABBIAMO AVUTO TEMPO DI INSEGUIRLO.
FORSE DOVREMMO SEGUIRE LA PISTA. SE ARRIVASSERO ALTRI PALADINI, IN COMBINAZIONE CON UNA PIOGGIA DI METEORE?
SONO D'ACCORDO CON TE, VEDIAMO DOVE PORTANO LE TRACCE, POTREBBE ESSERE UN LUOGO IMPORTANTE CON QUALCHE INDIZIO.
IL DRAGO DEL TUONO PUÒ ASPETTARE, MEGLIO BATTERE QUESTA PISTA CALDA. E SONO SICURO CHE CICO E STRE...
...SONO ORMAI TROPPO LONTANI PER DARCI UNA MANO!
CHE DICI, STRE?
DICO CHE CON UNA BUONA COORDINAZIONE, POTREMMO INCASTRARE QUEL GHIACCIOLONE VOLANTE ABBASTANZA A LUNGO DA IMBRIGLIARLO. SI TRATTA SOLO DI AVER UNA BUONA MIRA, AMICO. E DI DISTRARLO.
TUTTO CHIARO!
TLACK
!?!
STOCK
TLACK

CRACK
ORA, CICO, SPARIAMO A RAFFICA!
TLACK
TLACK
TLACK
TLACK
TLACK
CRACK
CRACK
CRACK
MANCA SOLO UNA COSA, STRE!
ECCOLO IMBRIGLIATO!
CLACK
ORA LO SELLIAMO E TORNIAMO AL CAMPO BASE!
MENO MALE CHE HO MESSO I MUTANDONI DI LANA! CHISSÀ SE LYON E MAVIO HANNO CATTURATO QUELLO DEL TUONO!

GUARDA QUEI DISEGNI! DI SICURO È UN TEMPIO O UN LUOGO DEDICATO A IDONA. DOBBIAMO ENTRARE, AMICO. TE LA SENTI?
CERTO, BOSS, VOGLIO CAPIRCI QUALCOSA DI QUESTA IDONA!
CI TOCCA SCENDERE, DIREI.
OCCHI APERTI, E ARMI IN PUGNO, COME SEMPRE.
TUTTO QUESTO SILENZIO È STRAN...
GRAAAAR
...APPUNTO, MI PAREVA! FATEVI SOTTO, ACCENDINI TROPPO CRESCIUTI!
GRRRAAAARR
PRENDI QUESTO, E QUESTO, E PURE QUEST'ALTRO!
FATEVI SOTTO, DEVO SGRANCHIRMI DOPO TUTTO QUEL TEMPO BLOCCATO COME UNA STATUA!
ARRR
ZOCK
THUD

PARECCHI MOSTRI DOPO...
UFF... UFF... OK, DIREI CHE MI SONO SGRANCHITO FIN TROPPO!
SEI UNA MACCHINA INARRESTABILE, AMICO. UFF... E QUELLA PORTA MI SEMBRA TROPPO PREGIATA PER NON NASCONDERE QUALCOSA DI IMPORTANTE...
QUELLO DEVE ESSERE UN ALTARE DEDICATO A IDONA!
E QUELLI DUE GUARDIE! MA PERCHÉ SONO FERITE? CHE COSA È SUCCESSO?!?
NON LO SO, MA SBARAZZIAMOCI DI LORO, APPROFITTIAMONE!
HAI RAGIONE!
SLASH
SBAM
UFF... PER FORTUNA ERANO GIÀ INDEBOLITI, MA ERANO COMUNQUE LO STESSO BELLI TOSTI.
HAI PROPRIO RAGIONE, LYON.
MA COSA...

6! LI HAI MASSACRATI TU!
PER RUBARE IL CUORE DI IDONA!
SIETE SVEGLI, RAGAZZI.
E DOVRETE ESSERLO PARECCHIO PER IL PROSSIMO PASSO DI QUESTA AVVENTURA.
NO, VOGLIO DELLE SPIEGAZIONI, E LE VOGLIO ORA!
NON ANCORA, AMICO MIO!
NON ANCORA!
NON SO COSA VOGLIA FARE QUEL DEMONE MALEDETTO, MAVIO.
MA DI SICURO DOBBIAMO AVVISARE GLI ALTRI, E AVERE IL TUONO DALLA NOSTRA PARTE!

Dal diario di G

GIORNO 33

«Divinità. Armi leggendarie. Draghi quasi immortali. Nonostante questo, ancora tentenni, vecchio mio. Io e il nulla, invece, non tentenniamo mai, perché ormai siamo una cosa sola. Il nulla non ha paura, il nulla non ha dubbi, il nulla non ha ripensamenti, il nulla è infinito e ti attende. Io sono qui che

TI ASPETTO, PER UN ULTIMO ABBRACCIO PIENO DI CALORE, COME AI VECCHI TEMPI.

Però, ora, sarà un abbraccio senza fine».

GIORNO 34

«Così tanti amici, eppure sei sempre tu a doverli salvare. Così tanti amici, eppure ti sei trovato da solo ad affrontare il nulla e l'ignoto. Così tanti amici, e devi correre come un pazzo per essere sicuro che non si ammazzino da soli. Forse potresti scegliere me, Lyon.

PERCHÉ AVERE TANTI AMICI CHE TI CREANO PROBLEMI, QUANDO PUOI AVERE UN SOLO NEMICO FIDATO CHE TI DICE CHIARO E TONDO QUELLO CHE VUOLE: ANNIENTARTI! AHAHAHAH!»

GIORNO 37

«Ci siamo già incontrati, tu e io, Lyon. In questo mondo così vasto, quasi infinito, pieno di meraviglie e di trappole, ci siamo sfiorati un sacco di volte. Solo che tu non te ne sei mai accorto. Può capitare di non rendersi conto di avere proprio sotto il naso un nemico. Troppe avventure, troppi impegni, troppe cose urgenti che ti hanno distratto. E così eccoci qua. Tu e io, di nuovo uno di fronte all'altro. Non importa se sarai con i tuoi amici fino all'ultimo, Lyon. Anzi,

TE LO POSSO GARANTIRE: SARAI CON I TUOI AMICI FINO ALL'ULTIMO. MA SAPRAI RICONOSCERLI?»

GIORNO 40

«Questa potrebbe essere l'ultima pagina del diario che sto scrivendo per te, Lyon. Sì, non lo leggerai mai, perché non ne avrai mai l'opportunità. Ma soprattutto perché

NON AVRÒ PIÙ MOTIVO DI SCRIVERTI, DIVENTERAI SOLO UN RICORDO PER CHI TI AMA. OPPURE ODIA! AHAHAHAHAH!»

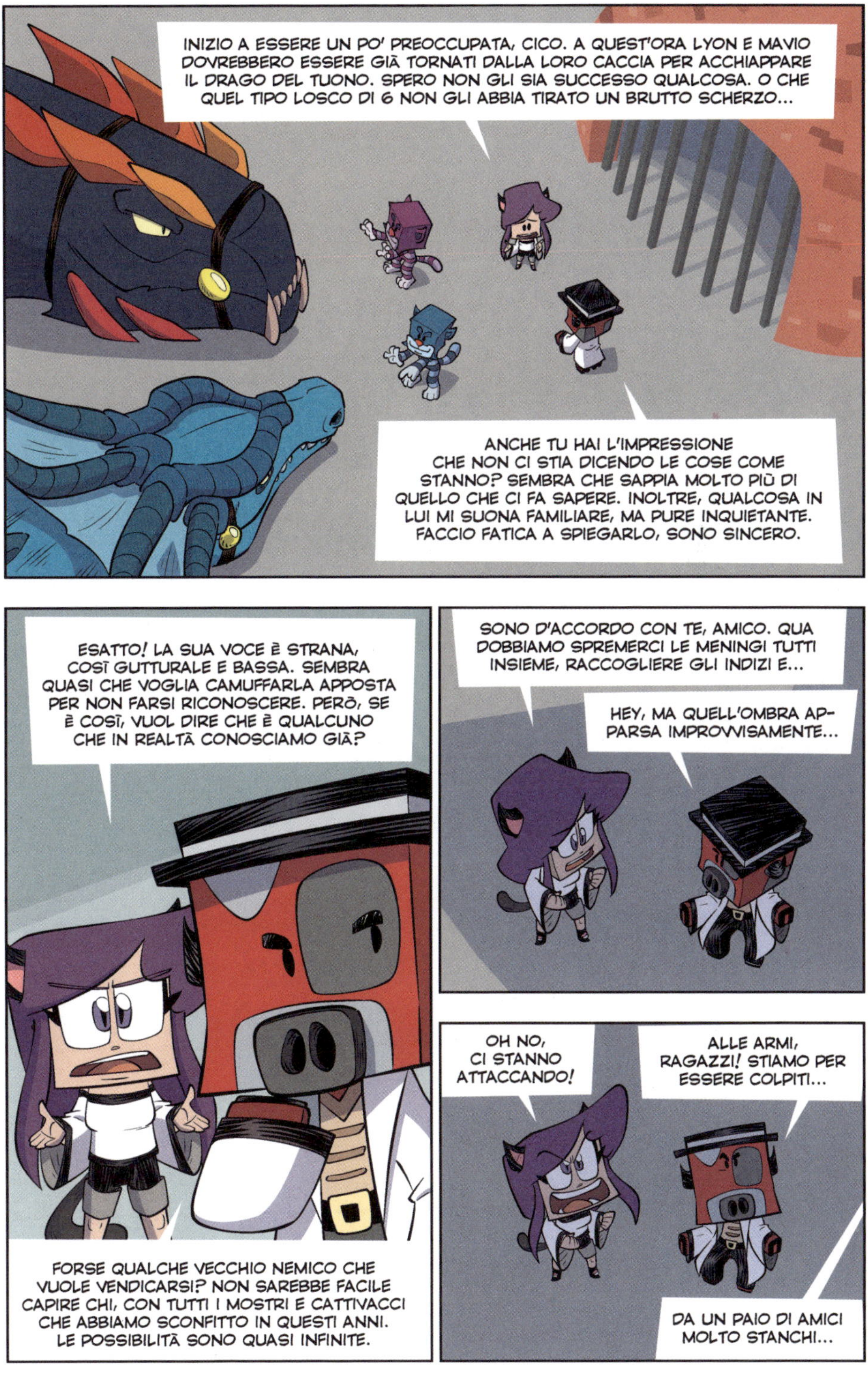
INIZIO A ESSERE UN PO' PREOCCUPATA, CICO. A QUEST'ORA LYON E MAVIO DOVREBBERO ESSERE GIÀ TORNATI DALLA LORO CACCIA PER ACCHIAPPARE IL DRAGO DEL TUONO. SPERO NON GLI SIA SUCCESSO QUALCOSA. O CHE QUEL TIPO LOSCO DI 6 NON GLI ABBIA TIRATO UN BRUTTO SCHERZO...
ANCHE TU HAI L'IMPRESSIONE CHE NON CI STIA DICENDO LE COSE COME STANNO? SEMBRA CHE SAPPIA MOLTO PIÙ DI QUELLO CHE CI FA SAPERE. INOLTRE, QUALCOSA IN LUI MI SUONA FAMILIARE, MA PURE INQUIETANTE. FACCIO FATICA A SPIEGARLO, SONO SINCERO.
ESATTO! LA SUA VOCE È STRANA, COSÌ GUTTURALE E BASSA. SEMBRA QUASI CHE VOGLIA CAMUFFARLA APPOSTA PER NON FARSI RICONOSCERE. PERÒ, SE È COSÌ, VUOL DIRE CHE È QUALCUNO CHE IN REALTÀ CONOSCIAMO GIÀ?
FORSE QUALCHE VECCHIO NEMICO CHE VUOLE VENDICARSI? NON SAREBBE FACILE CAPIRE CHI, CON TUTTI I MOSTRI E CATTIVACCI CHE ABBIAMO SCONFITTO IN QUESTI ANNI. LE POSSIBILITÀ SONO QUASI INFINITE.
SONO D'ACCORDO CON TE, AMICO. QUA DOBBIAMO SPREMERCI LE MENINGI TUTTI INSIEME, RACCOGLIERE GLI INDIZI E...
HEY, MA QUELL'OMBRA APPARSA IMPROVVISAMENTE...
OH NO, CI STANNO ATTACCANDO!
ALLE ARMI, RAGAZZI! STIAMO PER ESSERE COLPITI...
DA UN PAIO DI AMICI MOLTO STANCHI...

...MA CHE VI PORTANO UN BEL REGALO, PRONTO A ROMBARE COI SUOI COLLEGHI PER POTERCI DAR MODO DI CREARE ARMI DAVVERO POSSENTI!
E ABBIAMO NOVITÀ SU QUEL TIPACCIO DI 6, ANNA! QUELLO CHE HAI DETTO È UN SOSPETTO CHE ABBIAMO ANCHE NOI.
ABBIAMO PARLATO CON LUI. O MEGLIO, DICIAMO CHE HA VOLUTO PARLARCI NEL TEMPIO DI IDONA.
IL TEMPIO DI IDONA!?! COME LO AVETE TROVATO?
DACCI SOLO UN SECONDO PER TIRARE IL FIATO, AMORE.
ORA CHE ABBIAMO I DRAGHI, METTIAMOCI SUBITO AL LAVORO PER CREARE ARMI E ARMATURE PIÙ POTENTI.
NEL FRATTEMPO VI RACCONTIAMO CHE È SUCCESSO CON QUEL SIMPATICONE DI 6 E PENSIAMO A COME PREPARARCI AL PEGGIO.
AMMETTILO, ANCHE A TE, IN QUALCHE MODO, LA SUA VOCE SUONA FAMILIARE? COME SE CONOSCESSIMO GIÀ CHI È, VERO?
ESATTO. MA SOPRATTUTTO HO NOTATO UNA COSA. IL 6 CHE HA IN FRONTE ASSOMIGLIA PARECCHIO A UNA G. E LO SAPETE BENISSIMO CHI È L'UNICA PERSONA CHE ANCORA NON ABBIAMO SALVATO...
VUOI DIRE CHE...
MA NON CI FAREBBE MAI DEL MALE!

CHI PUÒ DIRLO, AMICI? SE È BLOCCATO NEL BUIO, IN QUELLA ZONA COSÌ OSCURA, FREDDA E SENZA SPERANZA IN CUI ERAVATE BLOCCATI ANCHE VOI, FORSE NON SI RENDE CONTO DI COSA STA FACENDO. NO?
PERÒ NON È DAVVERO BLOCCATO. VOGLIO DIRE, SE È DAVVERO LUI A ESSERE 6, LO ABBIAMO VISTO MUOVERSI COI NOSTRI OCCHI. ANCHE TU E MAVIO LO AVETE VISTO!
CI PUOI SCOMMETTERE, AMICO. E NON È STATO PER NULLA UN BEL VEDERE, ERO TESO COME UNA CORDA DI VIOLINO. PER FORTUNA ERO CON LYON!
CREDO CHE ABBIATE SIA RAGIONE CHE TORTO, RAGAZZI. SE È DAVVERO CHI CREDIAMO CHE SIA, QUESTO 6 DEVE ESSERE IN GRADO DI ANDARE E VENIRE DAL NULLA E DAL BUIO COME MEGLIO CREDE.
FORSE È DAVVERO LUI. FORSE È QUALCUNO CHE LO IMITA E VUOLE FREGARCI. FORSE È QUALCOSA DI ANCORA DIVERSO. SO SOLO UNA COSA, RAGAZZI.
DOBBIAMO PREPARARCI A QUALSIASI COSA. PER CUI ORA CONVINCIAMO QUESTI BESTIONI A SPUTARE COME SE NON CI FOSSE UN DOMANI CONTRO LA FORNACE E...
MA CHE COSA!?!
ARMIAMOCI, RAGAZZI! E QUESTA VOLTA NON SONO I NOSTRI AMICI! O ALMENO...

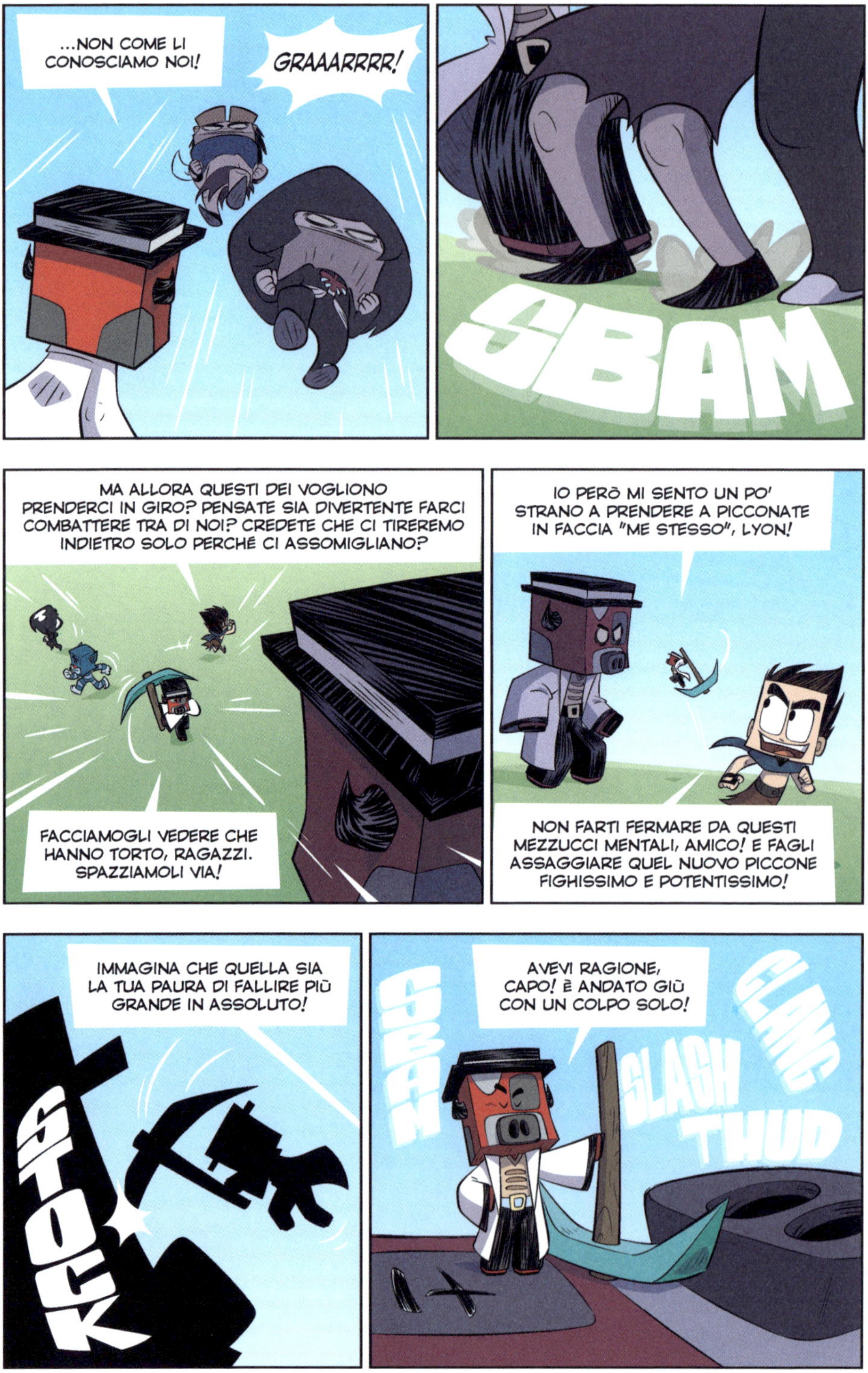
...NON COME LI CONOSCIAMO NOI!
GRAAARRRR!
SBAM
MA ALLORA QUESTI DEI VOGLIONO PRENDERCI IN GIRO? PENSATE SIA DIVERTENTE FARCI COMBATTERE TRA DI NOI? CREDETE CHE CI TIREREMO INDIETRO SOLO PERCHÉ CI ASSOMIGLIANO?
FACCIAMOGLI VEDERE CHE HANNO TORTO, RAGAZZI. SPAZZIAMOLI VIA!
IO PERÒ MI SENTO UN PO' STRANO A PRENDERE A PICCONATE IN FACCIA "ME STESSO", LYON!
NON FARTI FERMARE DA QUESTI MEZZUCCI MENTALI, AMICO! E FAGLI ASSAGGIARE QUEL NUOVO PICCONE FIGHISSIMO E POTENTISSIMO!
IMMAGINA CHE QUELLA SIA LA TUA PAURA DI FALLIRE PIÙ GRANDE IN ASSOLUTO!
STOCK
AVEVI RAGIONE, CAPO! È ANDATO GIÙ CON UN COLPO SOLO!
SBAM
SLASH
CLANG
THUD

QUESTE NUOVE ARMI SONO UNA BOMBA, RAGAZZI! E LE NUOVE ARMATURE SONO PRATICAMENTE RIMASTE INTATTE. SIAMO SEMPRE PIÙ FORTI!
È VERO, CON SOLO DUE COLPI HO TIRATO GIÙ IL MAVIO GIGANTE!
HEY, AMICO, UN PO' DI RISPETTO! IL TUO BESTIONE L'HO ABBATTUTO, MA MICA MI BULLO!
MENO CHIACCHIERE, AMICI. QUESTO ATTACCO COSÌ IMPROVVISO MI PUZZA MOLTO DI...
...UNA DISTRAZIONE DI QUALCHE TIPO!
SLASH
FORSE 6 NON VUOLE LASCIARCI IL TEMPO DI RAGIONARE A MENTE FREDDA!
SEMPRE CHE 6 SIA DAVVERO IL SUO VERO NOME!
ANCHE TU PENSI NON CE LA STIA RACCONTANDO GIUSTA?
ORMAI NON SO QUASI PIÙ A CHE PENSARE, LYON. PERÒ QUESTI ATTACCHI IMPROVVISI, IL FATTO CHE LUI OGNI TANTO TI FACCIA SPARIRE DI COLPO. E I SUOI INDIZI CI HANNO AIUTATO, È VERO, PERÒ...
PERÒ CI HA PURE MESSO IN PERICOLO. E SI È RUBATO UN CUORE PER FARCI CHISSÀ COSA!
AVETE RAGIONE, AMICI. DOBBIAMO TIRARE IL FIATO PER RAGIONARE CON CALMA PER CAP...
MA COSA...
THUD

UN MESSAGGIO DI 6! PARLI DEL DEMONE E QUASI NE SPUNTANO LE CORNA...
Vieni al mio castello, mi farò perdonare!
G
MA SE PENSA DI FARMI PAURA, QUESTO FANTOMATICO 6 NON HA CAPITO CON CHI CASPITA HA A CHE FARE. ORA VADO AL SUO CASTELLO E VEDIAMO DI FARE CHIAREZZA!
MA... CHE DICI? VUOI ANDARCI SUL SERIO!?!
CERTO, AMORE. VOGLIO AFFRONTARLO FACCIA A FACCIA. ORA CHE MI SENTO PIÙ SICURO, GRAZIE A TE E AGLI ALTRI, POSSO FARCELA.
MA...
DOVETE STARE TRANQUILLI, RAGAZZI. CON LE NUOVE ARMI COSTRUITE E TROVATE NEI DUNGEON, E QUESTA ARMATURA, SONO PRONTO A QUASI TUTTO. QUEI GIGANTI SONO ANDATI GIÙ COME FANTOCCI, NO?
A QUESTO 6 CI PENSO IO! IL VOSTRO COMPITO È SOLO UNO, ORA! FORTIFICARE ANCORA DI PIÙ LA NOSTRA BICOCCA, POTENZIARE LE ARMI, E PREPARARVI ALL'ARRIVO DEGLI DEI.
E MAGARI MANDATEMI DELLE VIBRAZIONI POSITIVE, POTREI AVERNE BISOGNO.

WOW! L'HO VISTO DAVVERO RARAMENTE COSÌ CONVINTO, ANNA! SPERO NON STIA SOTTOSTIMANDO 6 E I SUOI TRUCCHI...
QUEL BRUTTONE NON MI PIACE PER NIENTE, ALEX. PERÒ HAI RAGIONE, LYON HA RITROVATO UNA GRINTA IMPRESSIONANTE AFFRONTANDO QUESTA SFIDA. NON SARÀ FACILE...
NON SARÀ FACILE, AMICI, MA IO HO FIDUCIA IN LYON E NELLE SUE CAPACITÀ! E VOI?
ANCHE NOI!
NE ERO SICURA! PER CUI RIMBOCCHIAMOCI LE MANICHE, E PREPARIAMOCI AL MEGLIO.
HO UN PAIO DI IDEE DA PROPORVI SUI PROSSIMI PASSI DA FARE.
NON VUOI ASPETTARE CHE LYON TORNI, PER PARLARE CON LUI E VEDERE CHE COMBINA 6?
NON SO SE ABBIAMO TEMPO PER ASPETTARLO, CICO. E POI MI È TORNATA IN MENTE UNA COSA CHE MI HAI ACCENNATO PRIMA.
CHE COSA?
QUANDO AVETE CATTURATO IL DRAGO DEL GHIACCIO, SIETE TORNATI IN VOLO. ERA IL MODO PIÙ VELOCE PER TORNARE QUA. E MI HAI DETTO CHE HAI INTRAVISTO UNA COSA INTERESSANTE, O SBAGLIO?
MA CERTO! NELLA CONFUSIONE QUASI DIMENTICAVO. FORZA, PARLIAMONE CON GLI ALTRI PRIMA CHE RITORNI...

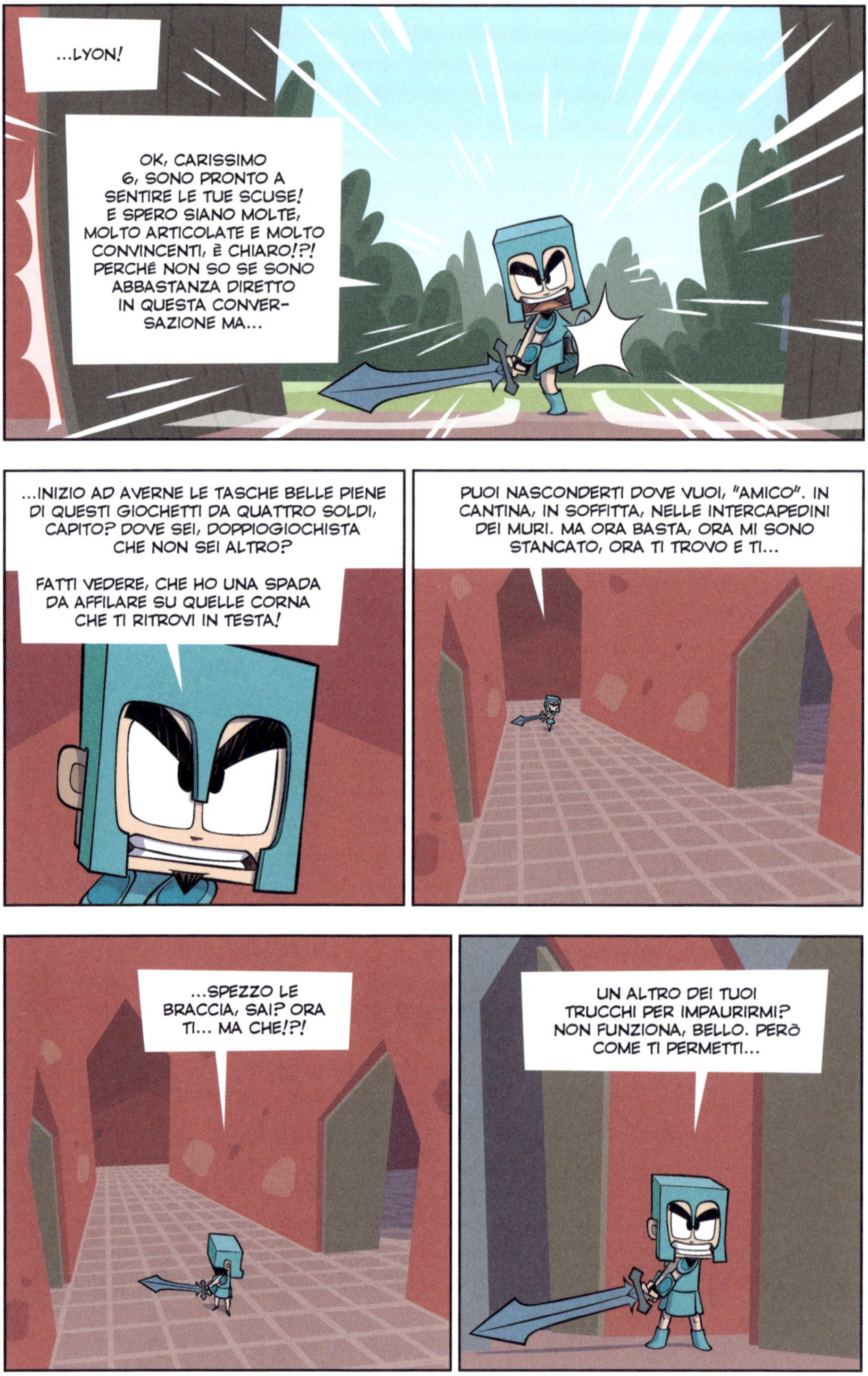
...LYON!
OK, CARISSIMO 6, SONO PRONTO A SENTIRE LE TUE SCUSE! E SPERO SIANO MOLTE, MOLTO ARTICOLATE E MOLTO CONVINCENTI, È CHIARO!?! PERCHÉ NON SO SE SONO ABBASTANZA DIRETTO IN QUESTA CONVER-SAZIONE MA...
...INIZIO AD AVERNE LE TASCHE BELLE PIENE DI QUESTI GIOCHETTI DA QUATTRO SOLDI, CAPITO? DOVE SEI, DOPPIOGIOCHISTA CHE NON SEI ALTRO?
FATTI VEDERE, CHE HO UNA SPADA DA AFFILARE SU QUELLE CORNA CHE TI RITROVI IN TESTA!
PUOI NASCONDERTI DOVE VUOI, "AMICO". IN CANTINA, IN SOFFITTA, NELLE INTERCAPEDINI DEI MURI. MA ORA BASTA, ORA MI SONO STANCATO, ORA TI TROVO E TI...
...SPEZZO LE BRACCIA, SAI? ORA TI... MA CHE!?!
UN ALTRO DEI TUOI TRUCCHI PER IMPAURIRMI? NON FUNZIONA, BELLO. PERÒ COME TI PERMETTI...

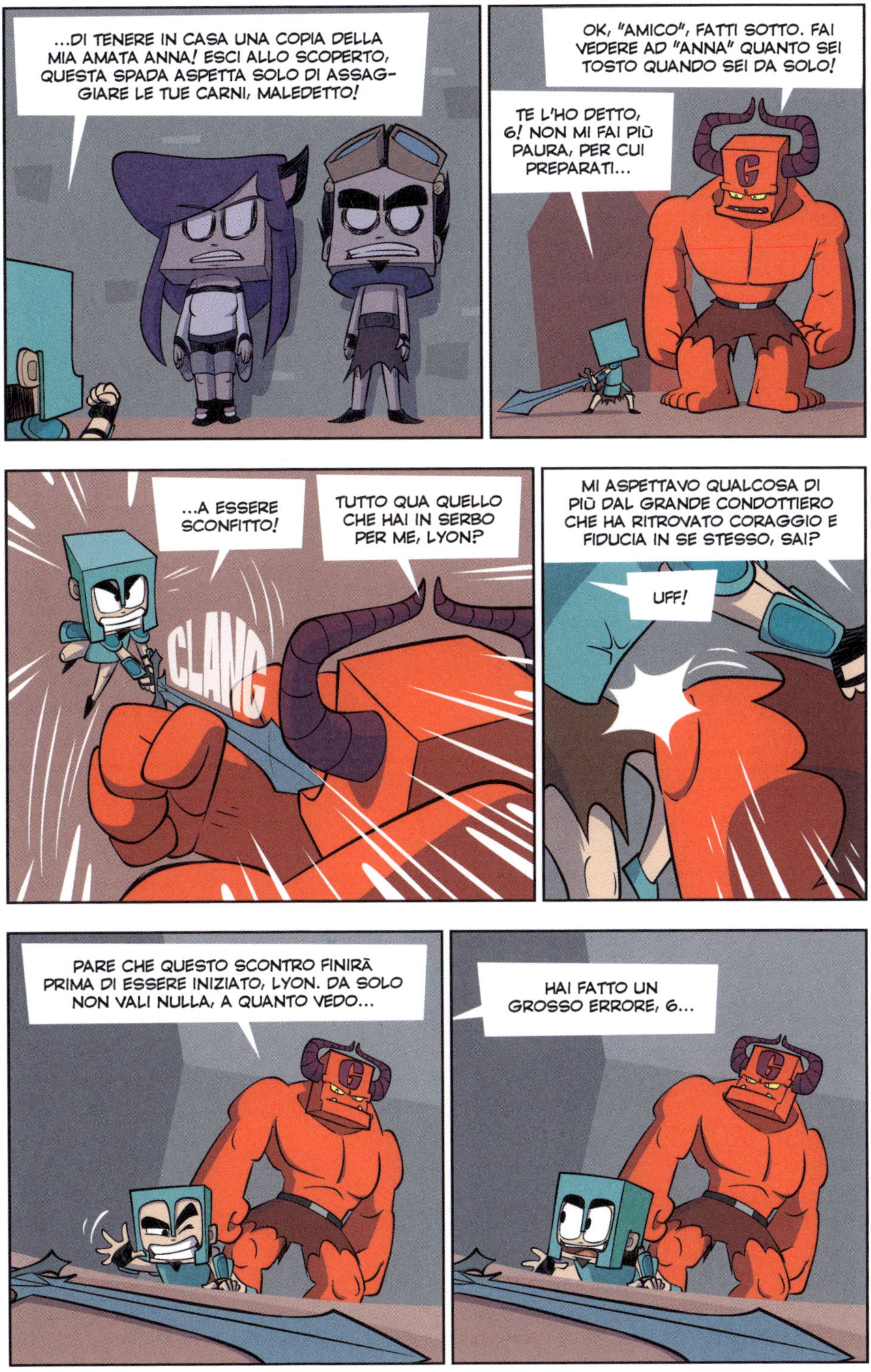
...DI TENERE IN CASA UNA COPIA DELLA MIA AMATA ANNA! ESCI ALLO SCOPERTO, QUESTA SPADA ASPETTA SOLO DI ASSAGGIARE LE TUE CARNI, MALEDETTO!
OK, "AMICO", FATTI SOTTO. FAI VEDERE AD "ANNA" QUANTO SEI TOSTO QUANDO SEI DA SOLO!
TE L'HO DETTO, 6! NON MI FAI PIÙ PAURA, PER CUI PREPARATI...
...A ESSERE SCONFITTO!
CLANG
TUTTO QUA QUELLO CHE HAI IN SERBO PER ME, LYON?
MI ASPETTAVO QUALCOSA DI PIÙ DAL GRANDE CONDOTTIERO CHE HA RITROVATO CORAGGIO E FIDUCIA IN SE STESSO, SAI?
UFF!
PARE CHE QUESTO SCONTRO FINIRÀ PRIMA DI ESSERE INIZIATO, LYON. DA SOLO NON VALI NULLA, A QUANTO VEDO...
HAI FATTO UN GROSSO ERRORE, 6...

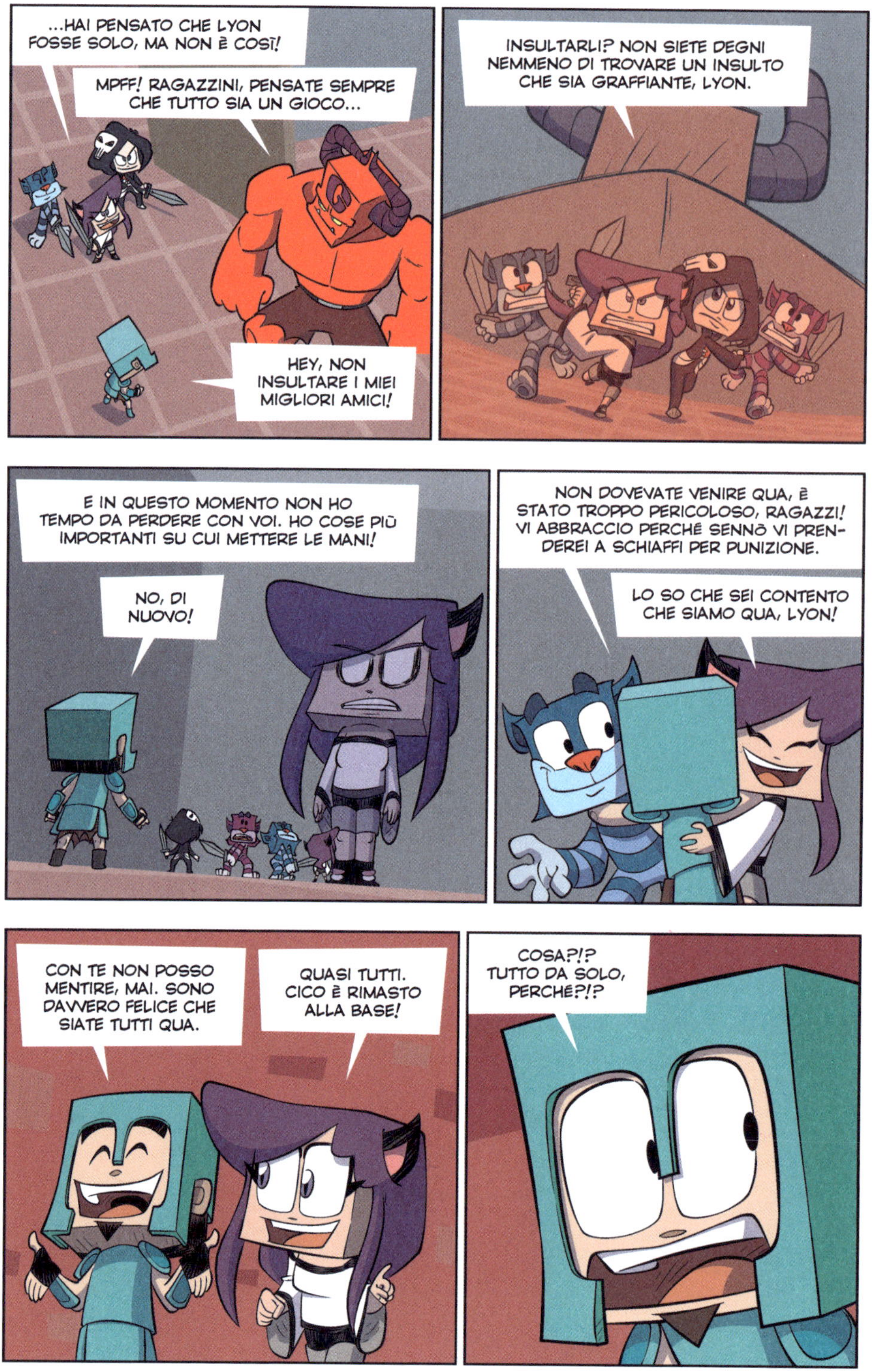
...HAI PENSATO CHE LYON FOSSE SOLO, MA NON È COSÌ!
MPFF! RAGAZZINI, PENSATE SEMPRE CHE TUTTO SIA UN GIOCO...
HEY, NON INSULTARE I MIEI MIGLIORI AMICI!
INSULTARLI? NON SIETE DEGNI NEMMENO DI TROVARE UN INSULTO CHE SIA GRAFFIANTE, LYON.
E IN QUESTO MOMENTO NON HO TEMPO DA PERDERE CON VOI. HO COSE PIÙ IMPORTANTI SU CUI METTERE LE MANI!
NO, DI NUOVO!
NON DOVEVATE VENIRE QUA, È STATO TROPPO PERICOLOSO, RAGAZZI! VI ABBRACCIO PERCHÉ SENNÒ VI PRENDEREI A SCHIAFFI PER PUNIZIONE.
LO SO CHE SEI CONTENTO CHE SIAMO QUA, LYON!
CON TE NON POSSO MENTIRE, MAI. SONO DAVVERO FELICE CHE SIATE TUTTI QUA.
QUASI TUTTI. CICO È RIMASTO ALLA BASE!
COSA?!? TUTTO DA SOLO, PERCHÉ?!?

PER SICUREZZA! TEMIAMO CHE GLI DEI, O 6, POSSANO ATTACCARE DI NUOVO LA BASE. SE LA RADONO AL SUOLO, SIAMO FREGATI. TE LO IMMAGINI SE I CUORI DI WANDARR E VELARA VENISSERO RUBATI DA 6? O SE CATTURASSE I DRAGHI?
BRAVI, AVETE FATTO BENE! PERÒ ORA DOBBIAMO TORNARE LÌ PRIMA DI SUBITO. CICO CI SA FARE MA NON VOGLIO LASCIARLO SOLO TROPPO A LUNGO. POTREBBE AVERE BISOGNO DI UN...
AIUTO!
AMMETTO CHE UN PO' DI AIUTO PER METTERE AL SUO POSTO QUESTO CUBONE DI PIETRA MI CI VORREBBE PROPRIO.
DEVO PIAZZARLO DIETRO LA FORNACE, COSÌ POTRÀ REGGERE LA FORZA DI QUEI TRE LUCERTOLONI QUANDO SOFFIERANNO A PIENA POTENZA. CI SARÀ DA SUDARE!
UFF! ECCO QUA, FRA POCO POSSIAMO INIZIARE A CUOCERE A FIAMMA ALTA, EH EH EH.
THUD
UNA PALLA DI NEVE?!?
PAF

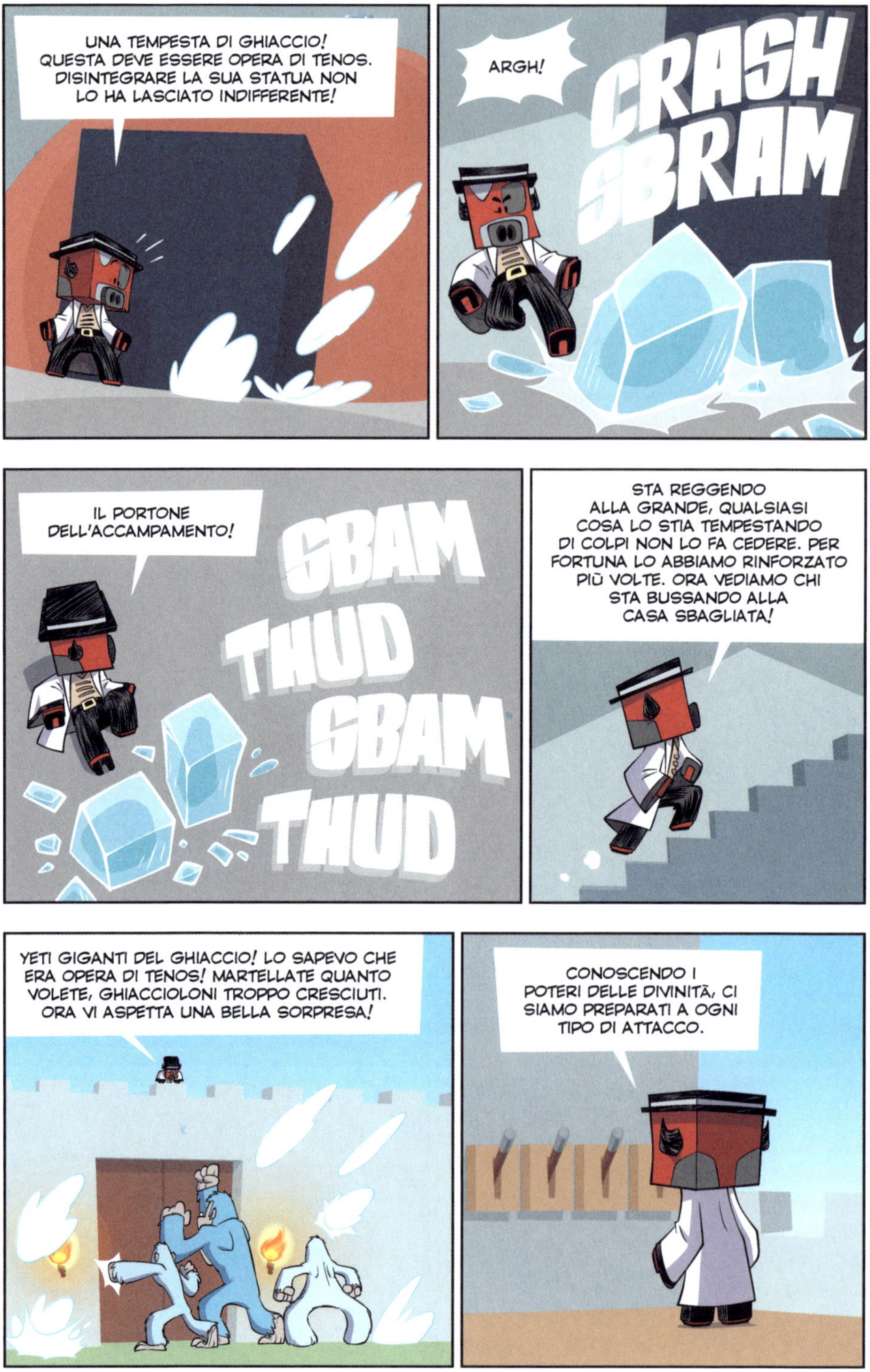
UNA TEMPESTA DI GHIACCIO! QUESTA DEVE ESSERE OPERA DI TENOS. DISINTEGRARE LA SUA STATUA NON LO HA LASCIATO INDIFFERENTE!
ARGH!
CRASH
SBRAM
IL PORTONE DELL'ACCAMPAMENTO!
SBAM
THUD
SBAM
THUD
STA REGGENDO ALLA GRANDE, QUALSIASI COSA LO STIA TEMPESTANDO DI COLPI NON LO FA CEDERE. PER FORTUNA LO ABBIAMO RINFORZATO PIÙ VOLTE. ORA VEDIAMO CHI STA BUSSANDO ALLA CASA SBAGLIATA!
YETI GIGANTI DEL GHIACCIO! LO SAPEVO CHE ERA OPERA DI TENOS! MARTELLATE QUANTO VOLETE, GHIACCIOLONI TROPPO CRESCIUTI. ORA VI ASPETTA UNA BELLA SORPRESA!
CONOSCENDO I POTERI DELLE DIVINITÀ, CI SIAMO PREPARATI A OGNI TIPO DI ATTACCO.

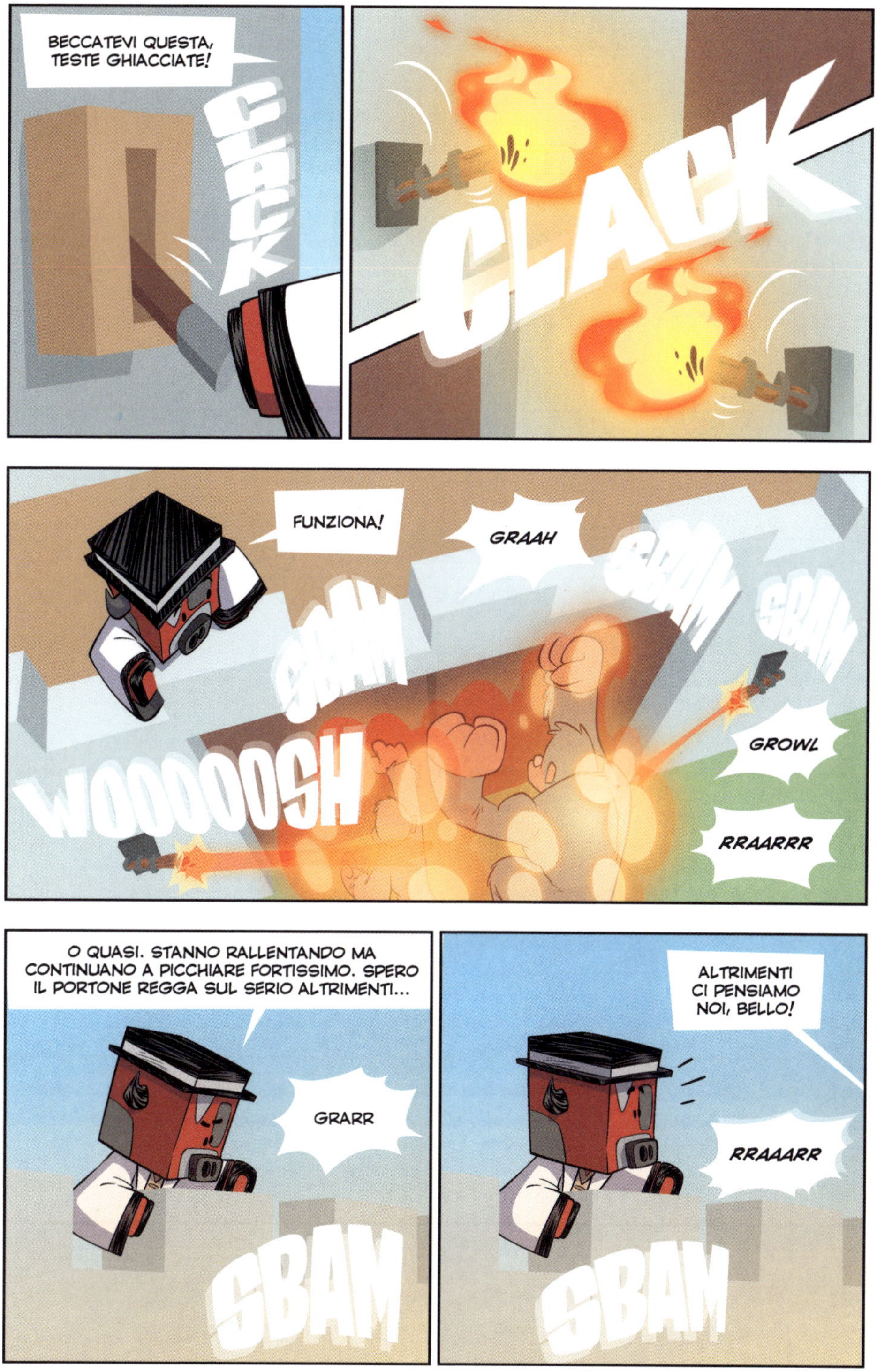
BECCATEVI QUESTA, TESTE GHIACCIATE!
CLACK
CLACK
FUNZIONA!
GRAAH
SBAM
SBAM
SBAM
WOOOOOOSH
GROWL
RRAARRR
O QUASI. STANNO RALLENTANDO MA CONTINUANO A PICCHIARE FORTISSIMO. SPERO IL PORTONE REGGA SUL SERIO ALTRIMENTI...
GRARR
SBAM
ALTRIMENTI CI PENSIAMO NOI, BELLO!
RRAAARR
SBAM

WOOOO!
PROPRIO COSÌ, CICO! FORZA RAGAZZI, MOSTRIAMO A QUESTE PALLE DI PELO RAFFREDDATE CHI SIAMO! CONCENTRATI, COMPATTI E VELOCI!
SLASH
CHUNK
TLACK
TLACK
TLACK
STOCK

OTTIMO LAVORO, TEAM! PERÒ, PER SICUREZZA...
THUD
CICO, INCENERISCI QUESTA SPAZZATURA!
CLACK
CE L'ABBIAMO FATTA, LYON. PER UN PELO. CICO SE LA STAVA CAVANDO BENE, MA SE NON FOSSIMO ARRIVATI IN TEMPO...
LO SO. PROPRIO PER QUESTO PENSO TU ABBIA RAGIONE. QUELLO CHE MI HAI RACCONTATO MENTRE TORNAVAMO QUI HA PERFETTAMENTE SENSO, ANNA.
E QUESTO ATTACCO LO CONFERMA.
WOOOSH
DOBBIAMO ANDARE A CASA DI UNA CERTA DIVINITÀ.
DOBBIAMO ENTRARE NEL TEMPIO DI TENOS!
E FARLO PRIMA DI QUALCUN ALTRO...

POCO DOPO.
OH, NO! IL TEMPIO CHE AVEVO VISTO CATTURANDO IL DRAGO DI GHIACCIO! ERA PROPRIO QUESTO, VE LO ASSICURO.
CI AVEVI VISTO GIUSTO, AMICO MIO. SE È RIDOTTO IN QUESTE CONDIZIONI, PURTROPPO, SIGNIFICA SOLO UNA COSA.
QUELL'INFIDO BUGIARDO DI 6 È GIÀ PASSATO DA QUESTE PARTI.
OPPURE È ANCORA QUI IN GIRO. OCCHI APERTI, TEAM!
OCCHI APERTI, ORECCHIE SPALANCATE, NERVI SALDI E ARMI ANCORA PIÙ SALDE IN PUGNO. HO GIÀ VISTO SCENE DEL GENERE, E NON FINISCONO MAI BENE...
TEMO TU ABBIA PROPRIO RAGIONE, LYON!

L'ALTARE DI TENOS È VUOTO. QUESTO SIGNIFICA SOLO UNA COSA.
6 È PASSATO DI QUA, E ORA POSSIEDE IL CUORE DI TENOS!
BEH, NON VORREI ESSERE PESSIMISTA, MA CREDO CHE NEI GUAI CI SIAMO GIÀ DA QUALCHE TEMPO, AMICI.
SIAMO NEI GUAI, RAGAZZI?
AVETE RAGIONE TUTTI. IL CUORE NON C'È, LO AVRÀ PRESO DI SICURO 6.
PROPRIO COSÌ, LYON! DUE CUORI PER ME, DUE CUORI PER VOI. PARITÀ DI POTERE, IN UNA BATTAGLIA NON ANCORA FINITA. UN EQUILIBRIO DI FORZE IN CAMPO.
PER ORA!
MA CHE!?!
6 SI PRENDE GIOCO DI NOI! ERA QUI MA NON SI È NEMMENO DEGNATO DI FARSI VEDERE.
QUELLO CHE SOSPETTAVI È VERO, PUÒ MUOVERSI COME MEGLIO CREDE.
FORSE QUANDO HAI MANIPOLATO L'ALTARE DI FRONTE AL SUO CASTELLO SI È LIBERATO...
MA QUINDI L'HO LIBERATO IO! E FACENDOVI DISTRUGGERE LE STATUE HO PURE FATTO INFURIARE LE DIVINITÀ. NON VI HO RIDATO LA LIBERTÀ, ALLORA, VI HO MESSO IN PERICOLO!
AMICO, CALMATI, NON FARTI FREGARE DA 6 E DAI SUOI GIOCHETTI MENTALI.
ESATTO, CE LO HAI DETTO TU PER PRIMO. VUOLE SOLO FARCI DUBITARE DI NOI STESSI, E FARCI DUBITARE DEGLI ALTRI.
ESATTO, LYON! È STATO 6 A PRENDERSI GIOCO DI TUTTI NOI. MA FINO A QUESTO MOMENTO ABBIAMO SCONFITTO OGNI COSA CHE CI HA MANDATO CONTRO!
PROPRIO COSÌ, E POSSIAMO FARLO DI NUOVO!
AVETE RAGIONE, AMICI. TORNIAMO ALLA NOSTRA FORTEZZA. NON VORREI CHE 6 DECIDESSE DI PASSARE IN VANTAGGIO E FARE POKER DI CUORI. ANDIAMO!

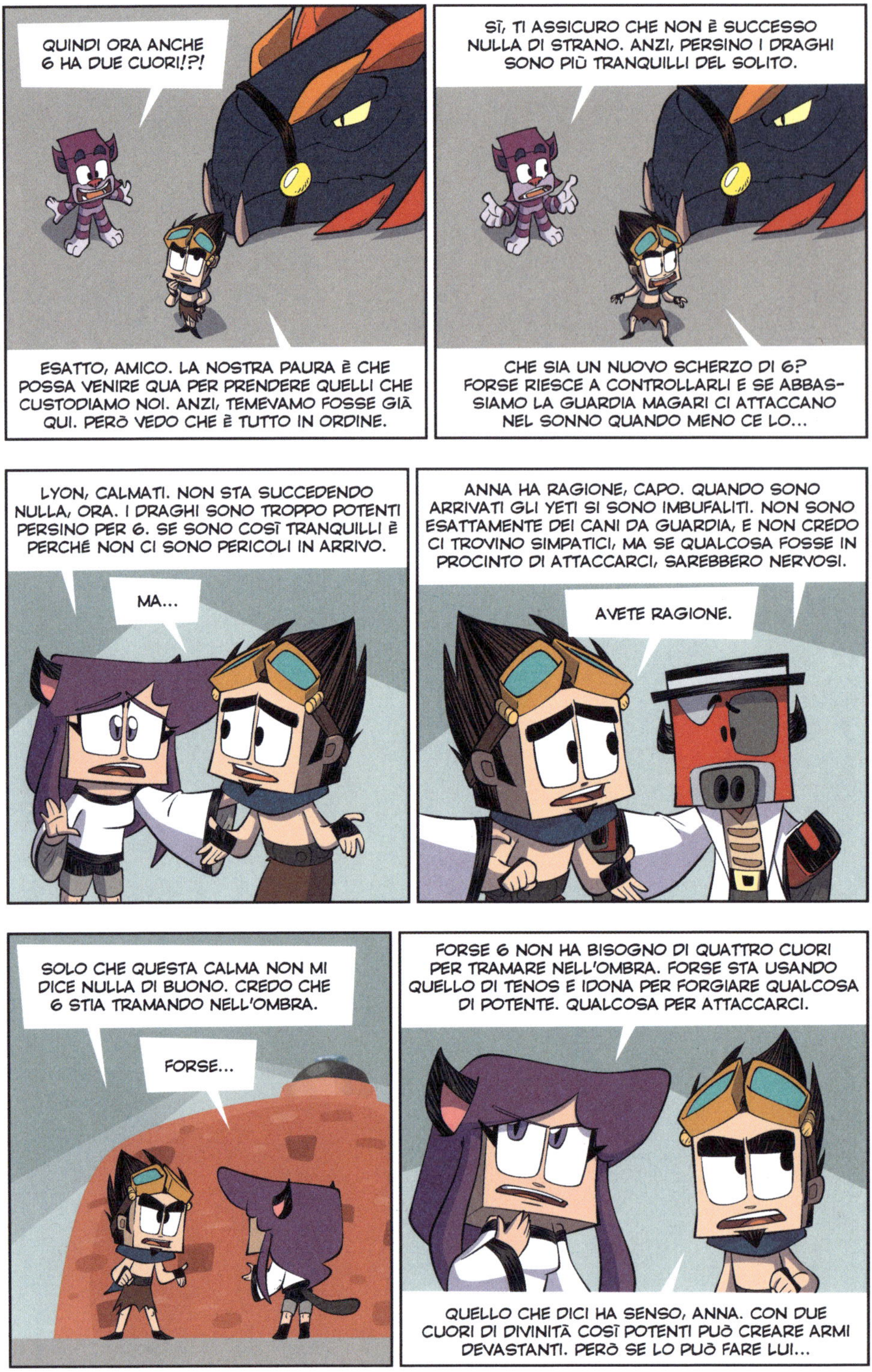

QUINDI ORA ANCHE 6 HA DUE CUORI!?!
ESATTO, AMICO. LA NOSTRA PAURA È CHE POSSA VENIRE QUA PER PRENDERE QUELLI CHE CUSTODIAMO NOI. ANZI, TEMEVAMO FOSSE GIÀ QUI. PERÒ VEDO CHE È TUTTO IN ORDINE.
SÌ, TI ASSICURO CHE NON È SUCCESSO NULLA DI STRANO. ANZI, PERSINO I DRAGHI SONO PIÙ TRANQUILLI DEL SOLITO.
CHE SIA UN NUOVO SCHERZO DI 6? FORSE RIESCE A CONTROLLARLI E SE ABBASSIAMO LA GUARDIA MAGARI CI ATTACCANO NEL SONNO QUANDO MENO CE LO...
LYON, CALMATI. NON STA SUCCEDENDO NULLA, ORA. I DRAGHI SONO TROPPO POTENTI PERSINO PER 6. SE SONO COSÌ TRANQUILLI È PERCHÉ NON CI SONO PERICOLI IN ARRIVO.
MA...
ANNA HA RAGIONE, CAPO. QUANDO SONO ARRIVATI GLI YETI SI SONO IMBUFALITI. NON SONO ESATTAMENTE DEI CANI DA GUARDIA, E NON CREDO CI TROVINO SIMPATICI, MA SE QUALCOSA FOSSE IN PROCINTO DI ATTACCARCI, SAREBBERO NERVOSI.
AVETE RAGIONE.
SOLO CHE QUESTA CALMA NON MI DICE NULLA DI BUONO. CREDO CHE 6 STIA TRAMANDO NELL'OMBRA.
FORSE...
FORSE 6 NON HA BISOGNO DI QUATTRO CUORI PER TRAMARE NELL'OMBRA. FORSE STA USANDO QUELLO DI TENOS E IDONA PER FORGIARE QUALCOSA DI POTENTE. QUALCOSA PER ATTACCARCI.
QUELLO CHE DICI HA SENSO, ANNA. CON DUE CUORI DI DIVINITÀ COSÌ POTENTI PUÒ CREARE ARMI DEVASTANTI. PERÒ SE LO PUÒ FARE LUI...

...ANCHE NOI POSSIAMO FARLO. ED È QUEL-LO CHE FAREMO! MI SONO STANCATO DI CORRERE AVANTI E INDIETRO, COME UN BURATTINO NELLE MANI DI 6!
ORA DOBBIAMO ATTACCARE, E AT-TACCARE SUL SERIO. MA SOPRATTUTTO...
DOBBIAMO ATTACCARE INSIEME, NON FARÒ LO STESSO ERRORE DELL'ALTRA VOLTA!
SÌ!
ORA FORGIAMO QUALCOSA DI INCREDIBILE.
USANDO IL CUORE DI WANDARR.
USANDO IL CUORE DI VELARA.
E SOPRATTUTTO, USANDO LA POTENZA DI QUESTE TRE MAGNIFICHE CREATURE. SO CHE VI ABBIAMO DOVUTO CATTURARE, MA SENTO CHE ANCHE VOI CAPITE QUANTO SIA MALVAGIO 6 E CHE VA FERMATO A OGNI COSTO.
SO ANCHE CHE POTETE CAPIRE QUELLO CHE DICO. CI DARETE UNA MANO?

LO PRENDO PER UN SÌ!
SBRAM
ZAAP
WOOSH
WOOOSH
ZAAAAP
WOOOSH
ZAAAAP
LA FORNACE È ESPLOSA!
SBRAM

HEY, INTRAVEDO QUALCOSA TRA LA POLVERE E IL VAPORE...
UNA LANCIA! MA È INCREDIBILE, NON PENSAVO AVREI MAI VISTO UN'ARMA COSÌ PORTENTOSA!
ATTENTO, SARÀ ROVENTE!
NO, NON SCOTTA PER NIENTE, ANNA! ED È LEGGERISSIMA E PERFETTAMENTE BILANCIATA!
PAZZESCO. I NOSTRI NUOVI AMICI HANNO FATTO UN LAVORO MAGNIFICO.
HAI PROPRIO RAGIONE, ANNA. VI RINGRAZIO, NOBILI CREATURE. ORA VI LIBERIAMO.
LIBERARLI? LYON, MA NE SEI PROPRIO SICURO?
SICURISSIMO. MA PRIMA, VOGLIO PROPORRE A LORO UN PATTO, E SPIEGARE A VOI UN PIANO...

GRAZIE PER AVER ACCETTATO, MIO NUOVO E SCAGLIOSO AMICO! CON VOI E QUESTA LANCIA, QUEL PUPAZZO DI 6 NON AVRÀ SCAMPO! NE SONO SICURO! VERO, RAGAZZI?
CI PUOI SCOMMETTERE, LYON!
CALEREMO DAL CIELO COME VERE E PROPRIE FURIE INARRESTABILI!
6 NON HA CAPITO QUANTO DIVENTIAMO DETERMINATI QUANDO CI METTONO CON LE SPALLE AL MURO!
ESATTO, ANNA! NESSUNO PUÒ METTERMI ALL'ANGOLO TROPPO A LUNGO. SOPRATTUTTO SE METTE A RISCHIO LA SICUREZZA DEI MIEI AMICI!
ALLORA, IL PIANO È CHIARO A TUTTI?
CHIARISSIMO: ATTACCHIAMO TUTTI INSIEME E LO COLPIAMO FINCHÉ NON SI RIALZA PIÙ!
ESATTO! A VOLTE UN APPROCCIO SEMPLICE È QUELLO CHE FUNZIONA MEGLIO!

I DRAGHI VOLANO COSÌ SILENZIOSAMENTE CHE FORSE RIUSCIREMO A COGLIERE DI SORPRESA 6.
SONO SICURA CHE CI STIA ASPETTANDO, LYON. NON È POSSIBILE CHE NON STIA SULLA DIFENSIVA!
ANCHE QUESTO VERO... SE LE COSE STANNO COSÌ, ALLORA...
CI TOCCA FARE UN'ENTRATA IN SCENA UN PO' PIÙ ARROGANTE, AMICO. TE LA SENTI?
GROWL
E ALLORA ANDIAMO! RAGAZZI, SEGUITECI!
NON SARÀ UN ATTERRAGGIO MORBIDO!

SBRAM
CE L'ABBIAMO FATTA!
THUD
E SIAMO TUTTI INTERI!
ANCORA PER POCO!
FATTI VEDERE, CODARDO! SE VUOI SCONFIGGERCI, MOSTRA IL TUO BRUTTO MUSO E VEDIAMO CHI AVRÀ LA MEGLIO, 6!
THUD

OK, SE È QUESTO CHE VUOI! ASSAGGERAI IL MIO NUOVO GIOCATTOLO DIVINO!
VEDIAMO CHI HA SCOMMESSO SULLE DIVINITÀ GIUSTE!
DASH
CLANG
FATTI SOTTO, VOGLIO PROPRIO GUARDARTI IN FACCIA MENTRE TI BATTO!
SPECCHIATI NEI MIEI OCCHI MENTRE TI TOLGO IL CORAGGIO DALL'ANIMA, LYON!
CRACK
CRACK
TENETEVI FORTE, RAGAZZI!
SÌ, NON FATEVI MALE CADENDO...
CRAAAAAAACK

...VOGLIO
ESSERE IO A FARVI
DEL MALE!
UFF... NON TI AZZARDARE
A TOCCARE I MIEI AMICI!
COME, COSÌ?
ARGH!
THUD
OH, NO!
SBAM
CRACK
NFFF
GRRR

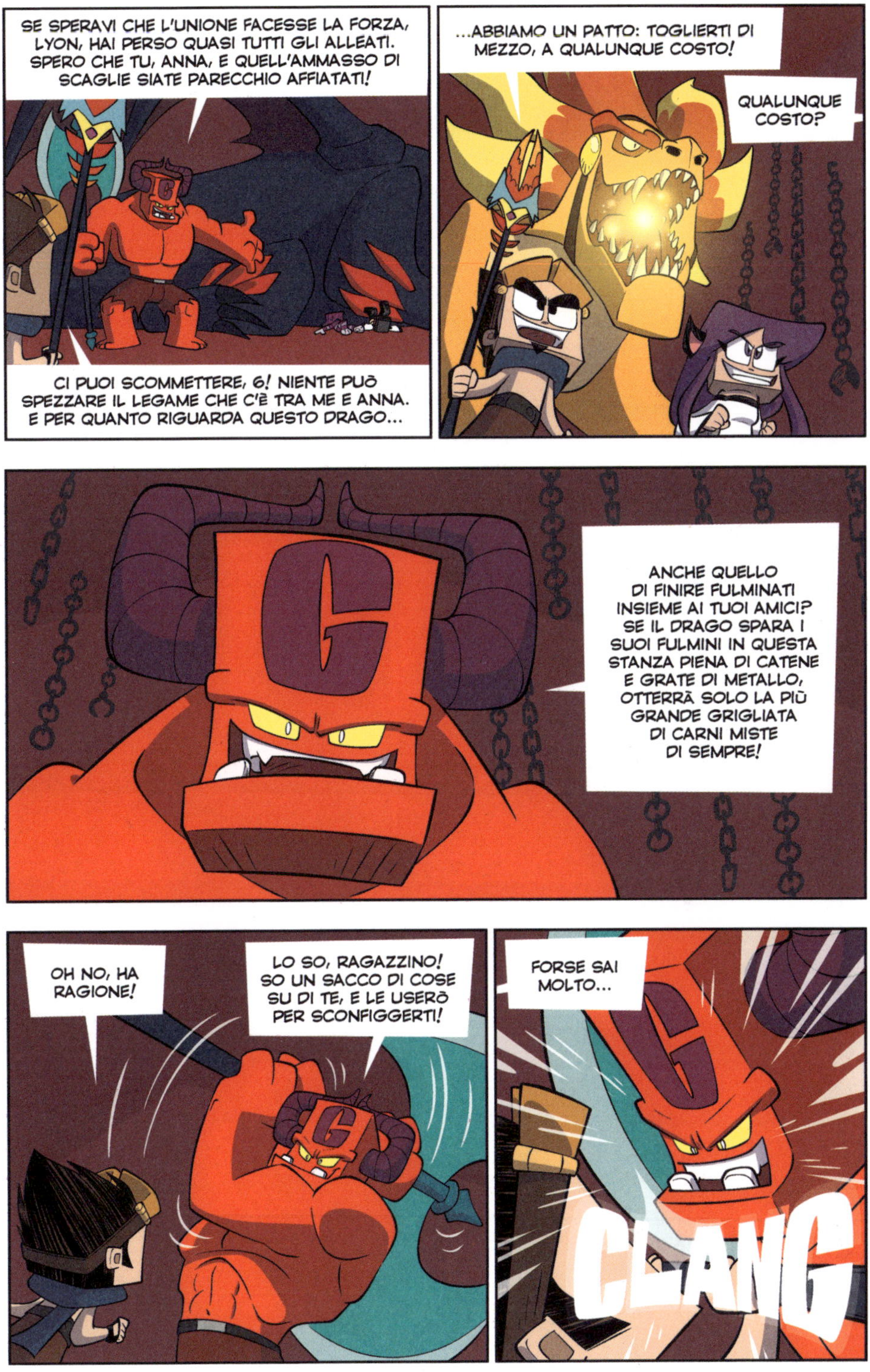
SE SPERAVI CHE L'UNIONE FACESSE LA FORZA, LYON, HAI PERSO QUASI TUTTI GLI ALLEATI. SPERO CHE TU, ANNA, E QUELL'AMMASSO DI SCAGLIE SIATE PARECCHIO AFFIATATI!
CI PUOI SCOMMETTERE, G! NIENTE PUÒ SPEZZARE IL LEGAME CHE C'È TRA ME E ANNA. E PER QUANTO RIGUARDA QUESTO DRAGO...
...ABBIAMO UN PATTO: TOGLIERTI DI MEZZO, A QUALUNQUE COSTO!
QUALUNQUE COSTO?
ANCHE QUELLO DI FINIRE FULMINATI INSIEME AI TUOI AMICI? SE IL DRAGO SPARA I SUOI FULMINI IN QUESTA STANZA PIENA DI CATENE E GRATE DI METALLO, OTTERRÀ SOLO LA PIÙ GRANDE GRIGLIATA DI CARNI MISTE DI SEMPRE!
OH NO, HA RAGIONE!
LO SO, RAGAZZINO! SO UN SACCO DI COSE SU DI TE, E LE USERÒ PER SCONFIGGERTI!
FORSE SAI MOLTO...
CLANG

...MA NON SAI COSA PUÒ FARE QUALCUNO SPINTO DALL'AMICIZIA E NON DALL'ODIO!
PFF, VIENI PURE, RAGAZZINA. QUEL PELAPATATE NON MI FARÀ NULLA!
FORSE LA FALCE NON TI FARÀ NULLA.
MA NON VOGLIO COLPIRE TE!
RAGAZZINI, QUESTI TRUCCHETTI SERVONO SOLO A RALLENTARE LA VOSTRA FINE, NON A EVITARLA!
E IO HO TUTTO IL TEMPO CHE VOGLIO!
QUESTO È QUELLO CHE CREDI TU!
SLAP
FRUSTA IL BRUTTONE, AMICO!

SBRAM
INIZIATE A DARMI SUI NERVI, AMICI.
THUD
SENTI CHI PARLA. CI HAI FATTO GIRARE COME TROTTOLE DALL'INIZIO, E ORA HAI LA FACCIA TOSTA DI LAMENTARTI? FORSE DOVRESTI PARLARE DI MENO E STARE PIÙ ATTENTO, AMICO.
SOPRATTUTTO DOVRESTI SMETTERLA DI FARCI ARRABBIARE.
ALTRIMENTI CHE SUCCEDE, ANNA? MI DAI UNA TESTATA?
WOO
IO? NO, UNA SIGNORA NON SI ABBASSEREBBE MAI A FARE COSÌ. PERÒ LEI SÌ!
OOSH
CRACK
LEI? MA DI CHI PARLI?

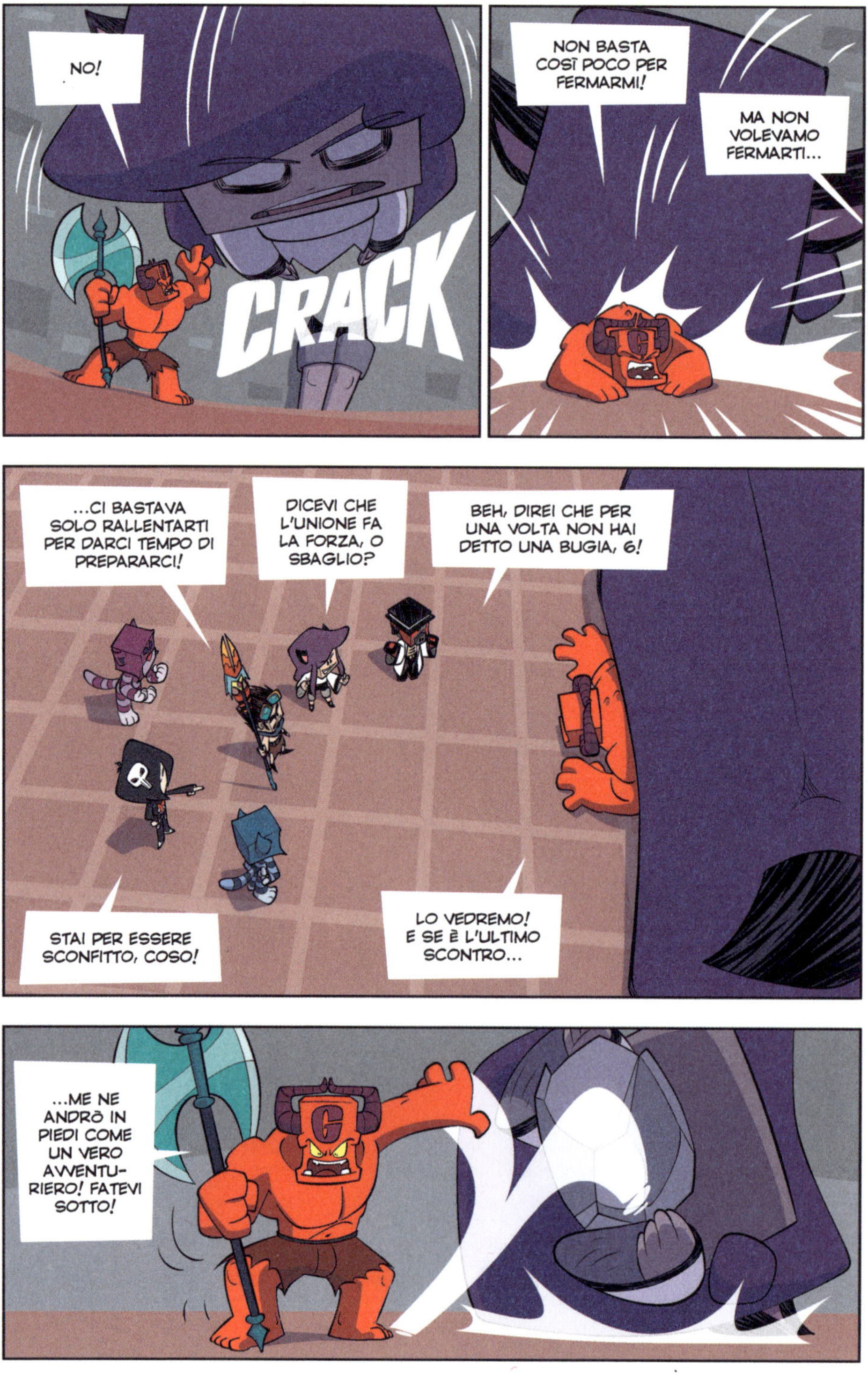
NO!
CRACK
NON BASTA COSÌ POCO PER FERMARMI!
MA NON VOLEVAMO FERMARTI...
...CI BASTAVA SOLO RALLENTARTI PER DARCI TEMPO DI PREPARARCI!
DICEVI CHE L'UNIONE FA LA FORZA, O SBAGLIO?
BEH, DIREI CHE PER UNA VOLTA NON HAI DETTO UNA BUGIA, G!
STAI PER ESSERE SCONFITTO, COSO!
LO VEDREMO! E SE È L'ULTIMO SCONTRO...
...ME NE ANDRÒ IN PIEDI COME UN VERO AVVENTU-RIERO! FATEVI SOTTO!

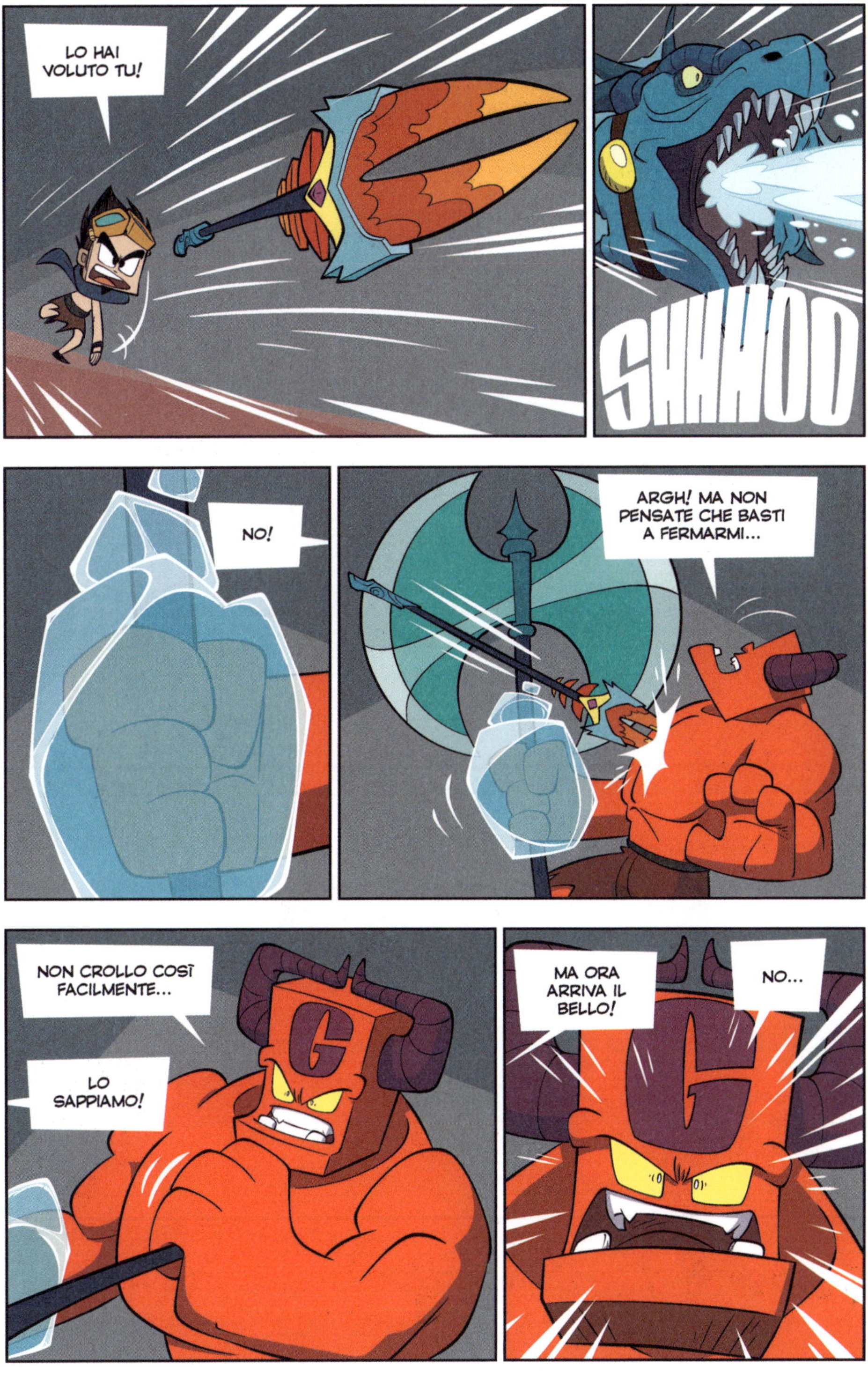
LO HAI VOLUTO TU!
SHHHOO
NO!
ARGH! MA NON PENSATE CHE BASTI A FERMARMI...
NON CROLLO COSÌ FACILMENTE...
LO SAPPIAMO!
MA ORA ARRIVA IL BELLO!
NO...

CRACK
TLACK
TLACK
CHUNK
NON CI HAI LASCIATO ALTRA SCELTA, 6. AMICI DRAGHI, È TUTTO VOSTRO...
MA...
NON VEDO METALLO IN QUESTA STANZA, 6!

AAAH!
SHOOOOO
ZAAP
WOOSH
AAAAH!
NON MOLLATE,
STA CEDENDO!
AAAHHHH!!!
AAAAHHHH!!!!
AAAA*

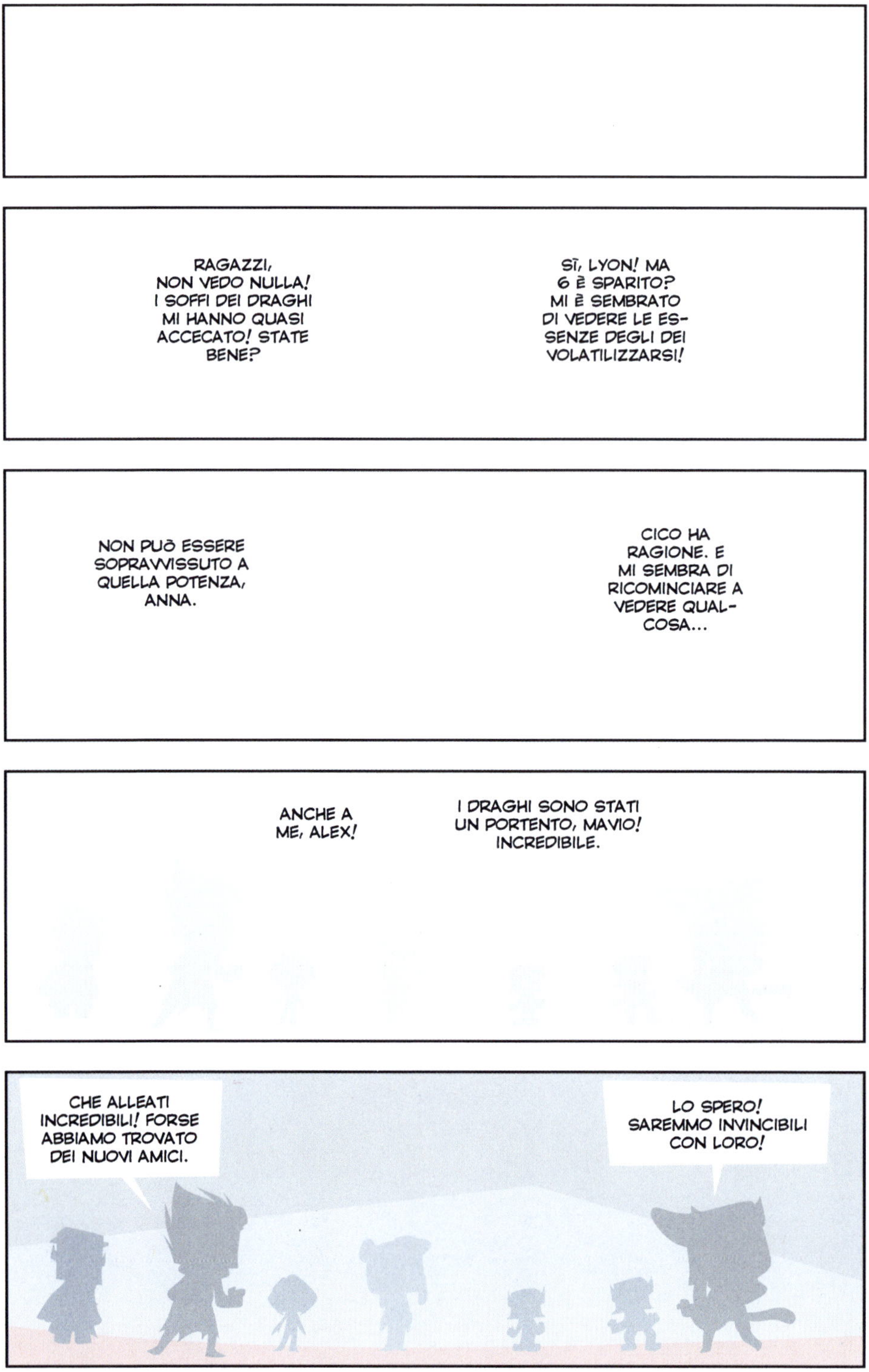
RAGAZZI, NON VEDO NULLA! I SOFFI DEI DRAGHI MI HANNO QUASI ACCECATO! STATE BENE?
SÌ, LYON! MA 6 È SPARITO? MI È SEMBRATO DI VEDERE LE ES-SENZE DEGLI DEI VOLATILIZZARSI!
NON PUÒ ESSERE SOPRAVVISSUTO A QUELLA POTENZA, ANNA.
CICO HA RAGIONE. E MI SEMBRA DI RICOMINCIARE A VEDERE QUAL-COSA...
ANCHE A ME, ALEX!
I DRAGHI SONO STATI UN PORTENTO, MAVIO! INCREDIBILE.
CHE ALLEATI INCREDIBILI! FORSE ABBIAMO TROVATO DEI NUOVI AMICI.
LO SPERO! SAREMMO INVINCIBILI CON LORO!

RAGAZZI, ORA VI VEDO DI NUOVO! E STATE TUTTI BENE!
SÌ, AMICO! MA OCCHI APERTI, QUEL 6 È SEMPRE SPARITO DI COLPO, QUANDO GLI TORNAVA COMODO.
GIÀ, NON VORREI FOSSE L'ENNESIMO TRANELLO.
NO, NESSUN TRANELLO.
ATTENTI!
NON C'È BISOGNO DI STARE ATTENTI, LYON. E NEMMENO DELLE ARMI.
IL TEMPO DI COMBATTERE È FINITO, AMICI.
ORA È TEMPO...

...DI CHIEDERVI SCUSA!
GIORGIO!
MA ALLORA I MIEI SOSPETTI ERANO GIUSTI, QUELLO NON ERA UN 6! ERA UNA...
ESATTO, ERA UNA G! RAGAZZI, NON SO COME SCUSARMI. ERO NEL NULLA, IN QUEL BUIO DESOLANTE E...
AMICO, ORA SEI AL SICURO. E SAPPIAMO DI CHE PARLI.
ESATTO, CI SIAMO STATI QUASI TUTTI, È UN POSTO TERRIFICANTE.
ALLORA CAPITE COSA PROVAVO! ERO SOLO, E IL NULLA CHE AVEVO INTORNO MI ENTRAVA DENTRO UN PO' ALLA VOLTA.
ALL'INIZIO SENTIVO E VEDEVO QUELLO CHE LYON FACEVA, MA PIÙ PASSAVA IL TEMPO, PIÙ IL BUIO ENTRAVA DENTRO DI ME.
DOPO UN PO' SENTIVO SOLO IL BUIO DENTRO DI ME. MA ANCHE FUORI, ERA UNA SENSAZIONE ORRIBILE.
IN QUALCHE MODO IL BUIO, L'OSCURITÀ, HANNO PRESO IL SOPRAVVENTO. E INVECE DI ESSERE GIORGIO, ERO 6!
È STATO 6 A PRENDERSI GIOCO DI VOI, LYON! IO VEDEVO CHE ACCADEVA, MA NON POTEVO FARCI NULLA!
NO, AMICO, NON È VERO.
MA... CHE DICI, LYON?!?
GLI INDIZI! CE LI HAI LASCIATI TU, IN QUALCHE MODO VOLEVI CHE TI TROVASSIMO!

SÌ, DA QUALCHE PARTE, DENTRO DI ME, SENTIVO CHE NON POTEVO ABBANDONARVI. PERCHÉ SAPEVO CHE AL POSTO MIO AVRESTE FATTO LA STESSA COSA!
CERTO! E ORA CHE TI ABBIAMO RITROVATO, SIAMO DI NUOVO TUTTI INSIEME! FATTI DARE UN ABBRACCIONE, BELLO!
MA CHE...
ECCO, VEDI, PER LIBERARMI SUL SERIO DA 6 AVETE FATTO LA COSA MIGLIORE. AVETE DISTRUTTO IL SUO CORPO.
E ORA SONO DIVENTATO UNO SPIRITO EFFIMERO!
WOW! MA QUINDI SEI MO...
NON NE SONO SICURO, SAPETE? IO MI SENTO VIVO PIÙ CHE MAI! PERÒ, ECCO, DICIAMO CHE NON SONO PIÙ ESATTAMENTE PARTE DI QUESTO LIVELLO DELLA REALTÀ!
AMICO, NON SO DAVVERO COSA DIRE...
IO INVECE LO SO, LYON.

DICO CHE QUESTO NON È UN ADDIO, AMICI MIEI! CI STIAMO SOLO SALUTANDO FINO ALLA PROSSIMA AVVENTURA. SONO SICURO CHE LE NOSTRE STRADE SI INCROCERANNO DI NUOVO.
PERCHÉ NOI SIAMO AMICI PER SEMPRE, DA QUESTA PARTE E DALL'ALTRA. IL NOSTRO LEGAME È PIÙ FORTE DELLA MATERIA DI CUI SONO FATTI I CORPI.
PER QUESTO VI CHIEDO SOLO UNA COSA. CONTINUATE CON LE VOSTRE AVVENTURE. NON FATEVI FERMARE DA NESSUNO. E RICORDATEVI DELLA COSA PIÙ IMPORTANTE.
INSIEME POSSIAMO SCONFIGGERE OGNI MOSTRO, CATTIVONE O PROBLEMA. DOBBIAMO SOLO PARLARE TRA DI NOI SENZA PAURA.
CIAO, AMICI! ALLA PROSSIMA!
CIAO, GIORGIO!
WOW! SUL SERIO, RAGAZZI, NON SO CHE DIRE SE NON: WOW!
QUEL GIORGIO LÌ, CHE CI COMBINA! UNA ROBA COSÌ NON ME L'ASPETTAVO.
SE RIPENSO A TUTTE LE AVVENTURE PASSATE INSIEME...

NO, CICO, NON PENSARE ALLE AVVENTURE CHE ABBIAMO PASSATO INSIEME! QUESTO NON È IL MOMENTO DI RICORDARE IL PASSATO, AMICO MIO.
ORA È IL MOMENTO DI PENSARE ALLE PROSSIME AVVENTURE. AI PROSSIMI TESORI DA SCOPRIRE. DOBBIAMO FARLO PROPRIO PER QUELLO CHE CI HA DETTO GIORGIO!
OGGI È UN GIORNO MEMORABILE, UN GIORNO DA CELEBRARE! ABBIAMO LIBERATO UN AMICO CHE ERA STATO INGHIOTTITO DAL BUIO, DALL'OSCURITÀ! SEMBRAVA PERSO, MA NON È STATO COSÌ.
LO ABBIAMO FATTO INSIEME, COME UNA SQUADRA DI AVVENTURIERI. ANZI, COME UN GRUPPO DI AMICI CHE ORMAI È UNA FAMIGLIA!
UNA FAMIGLIA CHE SI È ALLARGATA, DICO BENE AMICO TONANTE?
GROWL!
E CI SONO PURE DELLE DIVINITÀ DA CONOSCERE!
ESATTO, AMORE! DOBBIAMO SOLO SPIEGARGLI BENE QUEL PROBLEMINO DELLE STATUE DISTRUTTE.
MA IN QUESTO MOMENTO C'È SOLO UNA COSA DA FARE.

FESTEGGIARE LA VITTORIA, CELEBRARE GIORGIO E TUTTI I NOSTRI VECCHI E NUOVI AMICI! FINO ALLA PROSSIMA AVVENTURA!

INDICE

LE STORIE DA BRIVIDO

Il laboratorio di Lyon e dei suoi amici è in allerta. I mostri più spietati di sempre sono tornati a piede libero, pronti a uccidere gli sventurati che incontreranno lungo il cammino. Niente e nessuno sembra poterli fermare… niente e nessuno a parte Lyon. Portare a termine la missione questa volta non sarà per niente facile. Le creature che i nostri eroi dovranno fronteggiare non hanno alcuna intenzione di arrendersi e finire i loro giorni in una cella. Lyon e i suoi dovranno esplorare sotterranei bui e inospitali dove si annidano implacabili killer, pattugliare fognature in cui sono in agguato sinistri pagliacci, avventurarsi nei luoghi più spaventosi stando sempre bene attenti a guardarsi le spalle. Fra pupazzoni con il pelo bruciato dall'acido e alligatori in decomposizione, Lyon dovrà destreggiarsi in una nuova incredibile avventura grazie al suo coraggio e all'impareggiabile abilità deduttiva. Insieme a lui ci saranno come al solito Anna e Cico, i suoi insostituibili alleati. Riusciranno a sopravvivere anche questa volta?

LE STORIE DEL QUARTIERE

Lyon e i suoi amici hanno perso tutti i soldi che avevano guadagnato per colpa di un investimento molto azzardato! Ecco perché ora sono costretti a dormire in un sacco a pelo nel bel mezzo della foresta, in attesa di farsi venire una delle loro idee. Qual è il modo migliore per tirare su un bel gruzzoletto? Meglio organizzare una battaglia di yo-yo oppure una gara di barzellette? Sono tutte ottime trovate, ma potrebbero non bastare. Stavolta, infatti, ai ragazzi serviranno un piano geniale e una dose extra di coraggio, perché un misterioso sconosciuto li ha presi di mira. Si fa chiamare il Killer e non ha per niente buone intenzioni. Chi si nasconde dietro la maschera? E perché ce l'ha tanto con loro? Per fortuna in questa avventura Lyon, Anna e gli altri non sono soli: ad accompagnarli c'è Nonno Tombaldo, un vecchietto un po' svitato con un'insana passione per i fagioli magici. Dopo averci conquistato con *Le storie del mistero*, Lyon ci riaccompagna nel suo mondo, fatto di personaggi bizzarri, sfide accanite e segreti da svelare.

LE STORIE DEL MISTERO

Benvenuti tra le pagine delle storie del mistero! Una oscura organizzazione sta architettando qualcosa all'interno dei suoi laboratori. Toccherà a Lyon, alla cara Anna e a Cico scoprire cosa. Quali sono i risultati di alcuni tra i più temibili esperimenti della storia dell'umanità? Chi è prigioniero nelle celle dei sotterranei? Quali maledizioni pendono sulle loro e sulle nostre teste? Ma soprattutto: cosa bolle ancora in pentola? Chi è il vero nemico? Le risposte sono in queste pagine... Forse! Dopo aver narrato e intrattenuto milioni di ragazzi attraverso i suoi gameplay, Lyon ci accompagna in un universo di stanze segrete e luoghi pericolosi, abitati da creature incredibili, scienziati e mostri maligni, alla scoperta dei segreti più spaventosi.

IL LIBRO DEI MOSTRI

I mostri sono tra noi: vecchi e inquietanti orsetti di pezza senza né occhi né bocca; squali marini interamente ricoperti di robuste scaglie metalliche; rospi grossi come tori acquattati nel fango. Dagli abissi oceanici alle vette montuose, nessun luogo è sicuro, neppure lo scaffale polveroso di un negozio di giocattoli. Per fortuna non esiste al mondo cacciatore più esperto di Lyon. In questo libro – una vera e propria enciclopedia delle creature fantastiche che popolano il suo universo – è finalmente pronto a raccontare i suoi segreti. Dove vivono questi esseri leggendari? Che aspetto hanno? Come attirano le prede nella loro trappola? Attraverso identikit dettagliati e storie piene di fascino, i mostri più famosi di sempre stanno per rivelarsi in tutta la loro crudeltà. Apri questo bestiario e preparati a incontrarli.

DIARIO DELLA FINE DEL MONDO

La Terra è stata sconvolta da una misteriosa epidemia zombie. I pochi superstiti vivono ormai nascosti, minacciati da orde di non morti assetati di sangue e carne umana. Dopo aver lottato per sopravvivere tra le macerie del vecchio mondo, Lyon riesce finalmente a riunirsi ad Anna e Cico, gli amici che credeva di aver perso per sempre. I tre si ritrovano nell'accampamento del Generale, uno dei pochi insediamenti che ancora resiste agli assalti dei banditi e degli infetti. Sotto la tirannia del militare, il gruppo è costretto ad affrontare missioni sempre più impossibili, mentre il destino di Anna è in bilico. Uno zombie l'ha infettata, contagiandola con il virus, e le sue possibilità di salvezza si assottigliano di minuto in minuto. Non c'è altro tempo da perdere, perciò Lyon e i suoi fanno in fretta i bagagli e si preparano a partire alla volta del nord, verso un laboratorio che potrebbe aver sviluppato una cura. Lungo il cammino li aspettano vecchi amici e nuovi nemici, mentre la minaccia del Generale continua a incombere e i suoi piani spietati si delineano con sempre più agghiacciante chiarezza. Basterà il coraggio di Lyon e dei suoi amici per salvare il mondo dalla distruzione?